AF131564

JOSETTE MICHEL

# QUAND LES MOTS ONT MANQUE

Edition : BoD - Books on Demand
12/14 rond-point des Champs Elysées
75008 Paris
Imprimé par BoD – Books on Demand,
Norderstedt
ISBN : 978-2-322-17130-9
Dépôt légal: Avril 2019

*Ne pas détester,
ne pas déplorer,
mais comprendre.*

*Spinoza*

# SOMMAIRE

*Le souvenir est comme un chien qui se couche où il lui plaît, il vous rapporte en frétillant de la queue ce que vous veniez de jeter au loin pour vous en débarrasser... ».*

Cees Nooteboom – Rituels –
1980

Cette phrase m'avait séduite dans les années 80. Elle avait eu autant d'impact sur moi que celles couramment répandues qui affirmaient que les humiliations subies dans l'enfance sont enregistrées avec la précision d'un procès-verbal. Sans nul doute elles furent l'encouragement qui me poussa à vouloir faire revivre mes propres souvenirs par écrit. Mais ce fut surtout d'un réquisitoire contre mes parents et d'un constat morose sur mon environnement de l'époque dont j'accouchai.

Au fil du temps, devant la difficulté à surmonter mes griefs, j'abandonnai l'idée de creuser ce travail. Il m'était d'ailleurs plus facile de saisir tous les prétextes pour m'éparpiller au quotidien plutôt que de m'atteler à vouloir prendre de la distance. N'était-ce pas préférable aussi de ne pas exposer ainsi ma famille et mes états d'âme ?

Des années passèrent qui me firent peu à peu sentir la nécessité de rectifier le tir. Les souvenirs s'adoucissaient, les moments gratifiants que j'avais pu vivre et que je vivais encore me rendaient plus forte. J'avais en tête , bien ancrés, les moindres mots flatteurs et affectueux entendus depuis toujours. Ils devaient pouvoir m'aider à sortir de cette sensation si longtemps ressentie d'avoir été entravée au point d'en faire des complexes et d'en souffrir.

En 2015, quelques lignes rencontrées par hasard, agirent à nouveau sur moi comme un défi. Il y était question d'un ancien maître d'école, directeur de pensionnat à Haarlem qui, à 63 ans, en 1841, avait commencé à écrire ses mémoires. Il avait mis un an à rédiger les 37 premières années de sa vie. Deux ans plus tard, il avait écrit la seconde partie !

Il me fallait parler autrement de mes premières années et j'arrêterai mon récit à mes 18 ans. Si, depuis le premier souvenir, les humiliations, les jugements, les angoisses, les résignations devaient être perceptibles, un lecteur devait pouvoir comprendre à quel point l'essentiel était maintenant pour moi d'évoquer mes parents avec tendresse.

De ma première tentative, j'ai gardé toutefois les quelques pages suivantes.

# L'ENCRE GRISE DES ANNEES 80

Au quotidien, ma nature me porte naturellement vers une vision maussade de mon passé. Un fond de tristesse me colle à la peau. Frileuse dans mes actes et peu confiante par rapport à l'avenir, j'ai bien conscience de cette faiblesse qui me pousse à m'édifier des interdits, à me censurer à tous propos. La grisaille et les peurs de mon enfance ne sont pas encore dissipées.

Si j'accuse en priorité mes parents, n'est-ce pas dans l'ordre des choses ? Ils ne m'ont pas familiarisée avec les plaisirs de la vie. Je les goûte difficilement. Une amertume bien poisseuse, une vieille rancœur, m'empêchent aussi de reconnaître la valeur de l'affection dont ils m'ont entourée et que je ne m'attarde jamais à faire revivre.

Sans curiosité ni compassion, je me contente toujours des quelques souvenirs qui semblent leur revenir de leur enfance dramatique du début du 20e siècle. Je ne leur pose pas de questions sur les guerres qu'ils ont traversées, les privations qu'ils ont subies, leurs enfants perdus. Je les rends responsables de notre vécu familial rétréci sans chercher à les excuser ou les comprendre. Je ne manifeste pas plus d'intérêt pour les reconstructions que le pays a dû opérer juste après ma naissance et je sais surtout me plaindre vaguement de la société dans laquelle j'ai grandi.

L'absence de mots à la maison pour évoquer les tragédies de toutes sortes a contribué à me faire réaliser tard ce qu'elles pouvaient recouvrir humainement. Les catastrophes, la pauvreté qui brisaient les vies, toutes les formes de violence qu'on me cachait soigneusement ne m'effleuraient pas jusqu'à ce que je les découvre dans les romans ou dans les films. Repliés sur nous-mêmes, nous étions comme étrangers aux épanchements de toutes sortes et habitués aussi à maquiller la douleur des drames familiaux.

De simples détails cependant m'avaient heurtée dès la petite enfance. J'avais bien remarqué, par exemple, les sourires aux dentitions repoussantes, les maquillages violents de quelques passantes que je trouvais vulgaires. Des années plus tard, je m'étais résolument persuadée qu'une personne ordinaire à Passy devait pouvoir autrement donner le change qu'un simple quidam à Pantin.

*« N'importe qui peut être plein d'allant et de bonne humeur quand il est bien habillé. Y a pas grand mérite à ça » écrivait Charles Dickens.*

Adolescente, je m'étais assimilée à un « sous-produit », une sorte d'individu mal dégrossi, en friches ! Je tenais à me reconnaître dans ce terme, même si j'en mesurais le côté abusif et assez ridicule. Selon moi, il pointait bien mes faiblesses en tant que victime de mon environnement.

Venir au monde en 1948, au début de la période des trente glorieuses, était une grande chance dont je n'ai pas eu conscience pendant longtemps.

Il m'a fallu aussi beaucoup de temps pour admettre que je n'avais pas été plus malheureuse que nombre d'enfants ou d'adolescents de ma génération. Je n'avais jamais été battue ou abusée. J'avais bénéficié de ce qu'on peut appeler «le nécessaire » sans que le ménage ait eu à souffrir de problèmes de fin de mois, sans qu'il éclate.

Mais voilà… J'avais souffert d'une enfance étriquée dans un appartement minuscule, laid et sans confort, d'une école mal adaptée, -les filles d'un côté, les garçons de l'autre-, d'une morale rétrograde, de tabous entourant les relations humaines, sexuelles, d'un manque de perspectives, d'ambition, dû à mon milieu. Complexée très petite déjà, je m'étais laissée brider par d'autres entraves bien plus tard encore. Sortie désarmée des ces années, affaiblie par l'imprégnation du milieu populaire et parfois violent que j'avais connu, j'étais bien trop sensible, émotive, perméable aux conflits. J'étais aussi bien trop raisonnable et dépendante des critiques d'autrui.

J'ai conscience de commencer un récit dicté par la déprime, peut-être agaçant. J'enfonce, dans les lignes ci-dessous, pas mal de portes ouvertes. Je ne veux pas, en effet, renoncer à aligner des évidences sur les répercussions sociales, psychologiques du milieu de naissance que j'ai eu l'impression de découvrir seule.

L'enfance, comme on sait, est le temps de l'observation de la famille en permanence et de tout ce qui l'entoure, c'est une période d'imitation, de réaction. Certains enfants peuvent être particulièrement soucieux, angoissés, porter sans cesse un jugement sur ce qu'on leur propose. Ils ont conscience qu'on leur offre des joies imprévisibles, fulgurantes, mais savent se forger tout aussi facilement des chagrins démesurés. Révoltés ou résignés très tôt, ils ressentent longtemps des peines profondes, s'effrayent facilement et s'apprêtent à tirer comme un boulet un sentiment d'anxiété dont on n'a pas su les préserver. L'enfance, l'adolescence, devraient être des périodes marquées par une bonne dose d'insouciance, atout capital pour penser à ses plaisirs, vivre déjà pour soi et au présent. Elle représente la condition nécessaire pour concevoir des désirs propres, tenter de les satisfaire et s'admirer d'y parvenir ou d'avoir même seulement essayé. Elle autorise le dépas-

*sement que certains vont chercher dans l'alcool ou la drogue, échappatoires susceptibles de masquer un temps les contraintes et les angoisses. Ce trait de caractère est souvent blâmé, trop systématiquement combattu par les parents alors qu'il devrait être facilité et encouragé. C'est un passeport qui permet de donner libre cours à ses instincts, de développer son imagination sans craindre d'essuyer trop facilement des reproches. La décontraction si nécessaire, le rire facile, fréquent impliquent une insouciance bien ancrée.*

Même les moments heureux étaient vite traversés d'inquiétude, de peur, d'un sentiment de culpabilité. Je ne me souviens pas avoir goûté des moments de pure insouciance.

# Pantin – l'appartement

L'appartement où nous habitons, à Pantin, est minuscule, à peine 35 m² sans doute. Une petite entrée, la cuisine à droite comme un couloir, la salle à manger à gauche, une chambre en face. A mes yeux tout y est laid, dépareillé, abîmé. Comment vivre jusqu'à 5, voire 6 occasionnellement, dans un espace aussi restreint en espérant y trouver un peu d'esthétisme ? Je ne respecte pas le moindre objet à caractère superflu ou non : les perles noires, creuses, d'un joli collier de Maman, un de ses rares colifichets, que je trouve amusant de faire éclater, ses quelques produits de maquillage que j'étale en un visage peinturluré sur la porte blanche du petit four de la gazinière. Je revois bien les double-rideaux en tissus bon marché et laids qu'elle a cousus, la petite table à couture, ouvragée, aux pieds torsadés, à couvercle. Nous la remplissons tellement que les charnières en ont cassé. La toile cirée sur la table ne peut échapper à mes crayonnages et je défonce ardemment les coussins des chaises.

Je me souviens de murs peints dans leur partie basse en vert vif, et couverts dans la moitié haute de papier peint fleuri. -Il avait été collé un fameux jour de branle-bas, et à grand peine avec une pâte faite de farine et d'eau-. Sur un chambranle de porte, ma taille que mon père indique à grands coups de crayon. Avant moi, il a mesuré ma sœur qui a 6 ans de plus que moi, mais la peinture a quand même été refaite. J'ai aussi le souvenir d'une énorme bonbonne découpée très irrégulièrement par ses soins. Un unique poisson rouge, qui semble se décolorer au fil du temps, y nage en traînant sa fiente. Que dire des étagères débordantes d'objets usuels et de quelques livres et papiers, -cachés tant bien que mal par des petits rideaux froncés turquoises, en tissu plastifié-, du lit-cage qui a précédé le divan, du vieux poêle ? Sans aucun doute, c'est plus joli chez les autres et je n'invite jamais aucune petite camarade à la maison.

Cet appartement et l'immeuble vétuste me font honte. Notre seule fenêtre sur la rue m'a amenée à affirmer à une amie que nous en avions trois, tellement rapprochées que cela semblait évident. Une autre, sur la cour, ouvre sur un mur. Suffisamment bas et éloigné, il nous permet d'entrevoir un peu de ciel à notre hauteur, au premier étage. Dans la cuisine, une demi-fenêtre seulement. Ma mère y a accroché un petit séchoir. Protégé tant bien que mal de la pluie par une toile imperméable, il lui sert aussi de garde-manger.

Même mon adresse me déplaît ! Elle sonne mal. Trop de P,. mon nom, Champenois, mon adresse : rue

Denis Papin, Pantin. C'est lourd, sans aucun chic !

Seuls le plaisir des changements de saisons et les chansons de notre poste de radio apportent de la gaîté. J'aime par dessus tout les premières journées printanières, quand le soleil peut entrer par les fenêtres ouvertes. On entend alors, très fort, l'électrophone du voisin. La lumière vire à l'orange quand on a déroulé les stores faits de fines lattes végétales marron. Je goûte ces moments en même temps que je mange les fraises et les cerises que Maman achète en quantité au marché.

Les giboulées me plaisent tout autant. Elle m'a expliqué ce mot qui me séduit et je suis heureuse alors d'être chez nous, avec elle, à l'abri de ces courtes pluies souvent tièdes que je trouve paradoxalement attirantes pour nous faire sortir.

# Mes parents

Mon père était électricien à la SNCF. L'entendre parler de sa retraite, à 55 ans, quand je n'avais que 9 ans, me le faisait assimiler à un vieillard. Il semblait, il est vrai, vouloir vivre comme au siècle passé, refusant tout progrès pour notre quotidien. Ma demi-sœur, mon aînée de 14 ans, ne vivait plus avec nous. Pour ses distractions par exemple, elle n'avait pas été autorisée à acheter des disques, c'est ma sœur cadette qui avait réussi à braver cette interdiction -sans débordement- en introduisant un électrophone et quelques 45 tours à la maison. Maman ne bénéficiait de l'aide d'aucun appareil ménager à part son vieil aspirateur : pas question de déménager pour envisager d'acheter une machine à laver ou un réfrigérateur. Pas de chauffe-eau non plus, ni de radiateurs électriques, pas de salle de bains bien entendu. Dans la cuisine, tellement étroite, pas de table, pas de chaise.

J'ignorais que nous étions loin d'être les seuls dans ce cas, et je développais peu à peu une terrible rancune contre mon père dont tout dépendait selon moi. Je soupçonnais que, bien qu'ouvriers tous les deux, ils auraient eu les moyens de vivre plus confortablement. Pourquoi devions-nous nous résigner à cette réalité minable alors que les vitrines commençaient à nous attirer et qu'aux Courtilières, à Bobigny, on venait de construire de très belles barres d'immeubles, dotées de tout le confort ?!

Ma mère ne revendiquait rien. Plus jeune que son mari de 10 ans, je ne voyais physiquement chez elle que ses rides très marquées et une silhouette épaissie. Je pensais que chaque sillon sur son visage était la trace d'un chagrin présent ou d'un drame ancien plus terrible encore que j'ignorais. Le soir, avant de m'endormir, je ne manquais pas d'ajouter ses tourments supposés à ma liste de malheurs !

Vers mes 5 ans, elle avait commencé à travailler quelques heures à l'extérieur, à la cantine d'une école primaire. Très vite, elle y remplit un poste à temps complet tout en continuant de tout assumer à la maison. Au fil des années, bien que la trouvant toujours héroïque, je lui avais reproché intérieurement d'avoir endossé un rôle de victime.

Quels étaient leurs projets communs ? Uniquement retourner dans ses Ardennes natales pour mon père, ne plus avoir les soucis des enfants, pour elle ? Nous n'en savions rien.

Autour de nous, aucun des ménages voisins ne manifestait jamais ouvertement la moindre trace de réelle affection. J'étais persuadée que c'était là les règles normales d'une vie à deux à partir d'un certain âge. J'entendais les récriminations des femmes contre leurs maris. Parfois, à l'occasion d'un apéritif ou d'un repas exceptionnellement pris en commun, les hommes se laissaient aller à des plaisanteries à double sens. Je jugeais alors sévèrement leur connivence pour partager des sourires complices.

Comme beaucoup d'enfants, je ne me rendais pas compte que mes parents aient pu s'aimer. Le fait qu'ils partageaient sûrement le même point de vue sur des points fondamentaux de leur vécu quotidien et de leur avenir ne me frappait pas non plus. Seuls leurs désaccords, leurs disputes me marquaient.

Pas de perspectives heureuses dans notre famille, jamais de projets dont nous aurions connaissance et dont j'aurais pu parler à mes camarades. Je ne voulais pas montrer ma gêne si fréquente en dehors de la maison, mais j'avais bien en tête le sentiment d'être dans une classe sociale défavorisée, une enfant de «vieux » dans une famille souvent en crise.

Dès mon plus jeune âge, j'avais été souvent anormalement peinée pour ma mère, j'amplifiais ses plaintes passagères et imaginais, à partir d'éléments que j'apprenais peu à peu, ses vraies souffrances passées, son enfance d'orpheline, la perte d'un jeune mari, d'un fils adolescent accidenté avant de connaître mon père. Puis, avec Papa, d'une petite fille encore bébé née juste avant moi pendant la guerre.

A mon échelle, mon tempérament me portait aussi à me culpabiliser et à m'en vouloir ensuite pour des riens : toute petite, c'était d'avoir boudé pour qu'elle m'achète quelque chose, d'avoir traîné les pieds pendant tout le trajet de retour jusqu'à la maison, de lui avoir tenu tête, je dramatisais toujours. Quand des éclats avaient surgi à la maison, je me les remémorais avec soin pour mieux les ruminer et m'angoisser du lendemain.

Je pleurais sur bien d'autres choses encore. Considérant mes parents comme très âgés, par rapport à ceux de mes camarades, j'ai dit combien, souvent, j'imaginais leur disparition prochaine. Ils seraient morts avant que je sois grande, c'était sûr...Et si c'était Maman qui mourait en premier, et si c'était Papa... ! Bien entendu, l'école m'apportait aussi son lot de gros soucis ! Avant de m'endormir, je comptais sur mes doigts la somme de tous mes tourments : réflexion de la maîtresse, résultat d'un classement -et si je n'étais pas dans les cinq premières-, tache sur mon cahier... tout cela pesait lourd et j'essayais de trouver des solutions à chacun des drames scolaires ou familiaux qui pourrissaient ma vie !

J'avais facilement peur du noir, de me réveiller aveugle. Je redoutais d'être enfermée dans un endroit sans issue, les toilettes, par exemple. Toute situation où l'on contraignait mes mouvements, -comme la grande couverture dans laquelle ma sœur m'avait emberlificotée pour jouer- me faisait pousser des hurlements hystériques. C'était ainsi lorsqu'une robe qu'on m'enlevait restait coincée au niveau des épaules ou que, pour me laver les cheveux, on me faisait renverser la tête en avant au-dessus de l'évier. Il fallait alors une grande patience pour mener à bien l'opération et cela s'achevait toujours par des cris.

Mon père votait certainement à gauche. Il était surtout toujours violemment en réaction contre les gens au pouvoir, se plaisant à clamer qu'Hitler et Mussolini, étaient, « eux au moins », des hommes à poigne tels qu'il en faudrait au pays. Habituées à ne pas entamer de discussions et encore moins à essayer d'argumenter, nous ne laissions pas filtrer notre indignation et notre honte de l'entendre exprimer aussi abruptement de telles idées.

La religion ne trouvait pas grâce à ses yeux non plus. Lui parler du Pape le faisait bouillir de colère. Il était pourtant le sosie de Jean-Paul II, ce qui ne manquait pas de piquant !

Le soir, quand nous écoutions les informations, aucun de nos deux parents ne faisait de commentaires sur l'actualité pour nous expliquer la marche du monde. Ils ne s'opposaient jamais l'un contre l'autre dans un échange d'ordre général. Ma mère n'affichait d'ailleurs pas ses tendances politiques. Prenait-elle le temps de s'interroger en dehors, -comment en aurait-il été autrement-, de voter pour un parti de gauche ?

Elle se préservait aussi des conflits domestiques en taisant les soucis quotidiens et en fuyant toutes les discussions qui auraient pu dégénérer. Pour se défouler et pour lâcher un peu de pression, elle marmonnait toujours les mêmes litanies, seule dans sa cuisine. Lui, lançait facilement les mêmes jurons pour extérioriser ce qui l'étouffait. Ils n'exprimaient pas leurs états d'âme dans des phrases construites. Ils ne justifiaient pas leur mal-être, ne cherchaient pas à susciter une aide, à recueillir l'opinion d'un autre membre de la famille, encore moins d'une personne extérieure. Chacun craquait à sa façon.

Mon père était un grand colérique. Ses crises brutales et longues atteignaient des sommets. Sa façon de jeter ce qu'il avait sous la main, -sauf la vaisselle curieusement -! me faisait trembler. Mon cœur s'emballait dès les premiers signes que l'orage pouvait s'abattre pour telle ou telle broutille. Je me recroque-

villais, tétanisée, j'attendais. Personne ne parlait. J'avais peur de ses cris,
de sa fureur que j'assimilais à de la
méchanceté. La moindre tentative
de discussion ou de répartie de notre
part relançait son hystérie.

Un penchant à la dramatisation lui
faisait prononcer des mots difficiles à
entendre pour nous... qu'il préfére-
rait être mort, qu'on le prenait pour
un con.

Je pensais aux voisins qui l'enten-
daient, au chagrin de ma mère, à
l'état dans lequel il se mettait et à la
façon dont il y mettrait fin pour ne
pas perdre la face. Je savais que de
longues bouderies allaient suivre.
Elles se traduiraient par des jours de
silence total pendant lesquels seules
les phrases indispensables seraient
prononcées par nous. Je vivais beaucoup dans cette angoisse qu'un grain
de sable ne le mette hors de lui : un
produit acheté par Maman qui ne lui
convenait pas, un reproche par rapport à notre éducation, un objet qu'il

cherchait, un outil qu'elle ne lui passait pas assez vite quand il bricolait.

Bien avant mes dix ans, mes rapports avec lui s'étaient dépouillés du moindre contact et du moindre échange. Plus de baisers, même du matin ou du soir. Plus de demandes ensuite de ma part pouvant amener une de ses réactions que je connaissais trop bien par rapport à la jeunesse et à son besoin de s'amuser dont il ne voulait pas entendre parler. Les jeunes devaient obéir, c'était tout. Une envie nous concernant ma sœur et moi, une fête dont nous aurions eu connaissance, amenait chez lui un commentaire critique et sans appel : «tout ça, c'est des conneries ». Médusées, il n'en fallait pas plus, en général, pour nous rendre muettes et sourdement enragées. Nous abandonnions toute tentative de formuler nos désirs car il nous était facile de deviner ses commentaires ou telle ou telle réponse qu'il aurait.

Certains sujets provoquaient des scènes que je sentais bien plus graves et dont j'arrivais à percevoir les causes. Elles étaient en relation le plus souvent avec mes sœurs. Il revenait sur le départ de la fille aînée de Maman, partie enceinte, et avait des affrontements violents, pour des riens, avec ma cadette. L'obligation de rentrer pour dîner chaque jour à 19 h précises lui avait rogné les ailes avant moi, elle s'était souvent rebiffée. Je savais qu'alors il ne servait à rien d'essayer de faire diversion.Une tornade, semblable à celles dont j'avais été le témoin, allait s'abattre sur nous. L'idée que nous aurions pu avoir des velléités de nous libérer un peu devait l'effrayer. Cela signifiait pour lui : pas de petit ami avant l'âge de 20 ans au moins ! Il se réfugiait donc dans l'ignorance de ce que nous vivions, ne voulait pas mettre fin à la peur qu'il nous inspirait. La justifiait-il toujours, la mesurait-il seulement ?

Toutes ces femmes lui pesaient. Fallait-il payer là le prix de la froideur de sa propre mère ?

Il ne supportait avec bienveillance que les petits enfants. Nos besoins d'émancipation, notre opposition larvée le heurtaient, renforçaient ses défenses. Le moindre haussement d'épaules, le moindre grommellement de protestation le mettaient dans une colère noire. Il portait au tragique et au paroxysme toute amorce de conflit. Il ne cherchait pas à discuter de notre avenir non plus. Il nous faisait confiance pour le déroulement de notre scolarité mais ne nous donnait aucune piste à suivre, ne nous faisait miroiter aucune ambition. Il s'accommodait d'une vie sans surprise qu'il pensait devoir nous contraindre à accepter.

Selon nous, il ne nous avait aimées que pendant nos premières années, quand nous ne manifestions aucune volonté de nous affirmer en face de lui. Nous le trouvions vieux, dépassé, rabat-joie, égoïste, sinistre et ne lui accordions aucune excuse de nous rendre la vie si grise et compliquée. Nous le trouvions faible également, incapable de se faire respecter autrement que par la trouille qu'il nous inspirait. Enfin, à nos yeux, il se prenait au sérieux, bien à tort ! Nous étions souvent outrées par ses prises de position bornées sur de nombreux sujets tels que le goût des voyages, la mode, les spectacles, la politique... Son manque d'ouverture d'esprit, ses brefs commentaires que je trouvais stupides et déroutants, me tapaient alors sur les nerfs, me le rendaient haïssable.

Témoin de notre complicité avec notre mère, il devait se sentir de plus en plus rejeté. Pourtant, je lui en voulais à elle aussi de son comportement quand, systématiquement, elle « râlait toute seule », rouspétait à voix basse. Elle dissimulait, comme pour nous apprendre à ne pas nous battre contre l'autorité, à nous taire. Une seule chose semblait la guider :

préserver la tranquillité de la famille. J'aurais voulu la voir lui tenir tête, quitter la maison. Très vite j'ai eu envie que mes parents divorcent, je pensais que la vie serait plus légère alors.

Elle parut décidée, un soir. Je nous voyais déjà libres dans un appartement avec tous les changements que cela pourrait comporter pour moi. J'espérais, j'imaginais... Mais c'était une femme solide et responsable. Privée de compte en banque, comment aurait-elle pu ne pas anticiper les conséquences matérielles de son départ ? C'est ce qu'elle m'expliqua dès le lendemain, mettant fin aux espoirs que j'avais échafaudés dans la nuit. Nous avions bien conscience que son univers était rétréci, son quotidien rarement serein.

Mon père se faisait servir, il n'assumait que les réparations matérielles qu'il menait d'ailleurs à leur terme avec difficultés souvent ! Le poids des corvées domestiques était un fardeau qu'elle assumait sans jamais souligner l'injustice d'une absence complète de répartition des tâches. Mais nous lui pardonnions finalement sa faiblesse vis-à-vis de mon père. Songions-nous vraiment à lui reprocher de ne pas penser suffisamment à elle ? La condition féminine n'était pas encore un thème auquel nous avions été amenées à beaucoup réfléchir.

Si nous l'aimions tant, n'était-ce pas, enfin, parce que nous la voyions se dévouer entièrement pour nous, qu'elle était la représentation de la « vraie Maman », celle qui matérialisait son affection par une somme de travaux pénibles et répétitifs dont nous bénéficiions ? Même si elle n'avait plus de gestes de tendresse pour les adolescentes que nous étions devenues, même si elle ne cherchait pas à discuter avec nous, à connaître nos peines et nos aspirations, elle savait comprendre nos demandes et ne manquait pas d'y accéder quand elle le pouvait.

Adolescente, ce n'est pas seulement pour elle, pour l'épargner, que j'avais très vite choisi de ne pas « faire crier à la maison ». La peur viscérale des colères de mon père me taraudait, c'était une menace constante qui me faisait taire mes désirs d'émancipation. Mes sœurs avaient eu tort de discuter, de revendiquer, de se rendre malades, cela n'avait jamais débouché sur rien. J'étais persuadée que la seule attitude à adopter était la dissimulation. D'office j'avais abdiqué, accumulé la frustration, la rancœur.

Plus nous vieillissions, plus nous apprenions à vivre pour nous, en douce. Les vrais problèmes, les vrais chagrins, chacune s'en débrouillait en silence. Le temps n'était pas venu de réaliser, qu'ainsi façonnées, nous pourrions bien pâtir à jamais de ce déficit de paroles, de gestes, de ce manque de gaîté et de confiance en soi, que nous allions en souffrir longtemps et être disposées peut-être à les transmettre.

Je lis, aujourd'hui, dans un livre de Catherine Millet cette phrase de Balzac : « *Rien ne forge le caractère comme une dissimulation forte au sein de la famille* ». Peut-être, à condition d'avoir réussi malgré les entraves à se forger des convictions pour se tracer un choix de vie. A vouloir brûler les étapes pour sortir de la dépendance familiale unique-ment, nous suivions peu à peu une voie mal tracée.

# 2015 – UNE REECRITURE EN DEMI-TEINTE

## Mes grands parents et ceux qui les ont précédés.

On ne m'a présenté mes grands-parents qu'à travers deux ou trois récits. Je ne les ai pas connus. J'aurais aimé, bien sûr, qu'on me parle d'eux bien davantage et qu'on remonte beaucoup plus loin dans l'histoire familiale. Aucune personne de la famille ne s'était donc distinguée dont j'aurais pu hériter le moindre don, la moindre qualité sortant de l'ordinaire ?!

Mon grand-père paternel avait été équarrisseur sur le tard et ma grand-mère tenait un café dans l'une des pièces de leur maison, la dernière du village qu'était alors Carignan, dans les Ardennes. Les parents de ma mère possédaient une ferme minuscule en Seine-et-Marne. J'imagine, dans les deux régions, des générations de gens simples, de cultivateurs surtout.

Pas de photos du côté maternel. Deux tirages sépia pris chez un photographe, de mes grands-parents paternels. Sur le premier, mon grand-père est seul. Il arbore une énorme moustache noire, relevée et gominée avec soin aux extrémités, il est un peu fort, en uniforme de soldat de la guerre de 14/18, sanglé par un gros ceinturon. Il se tient très droit et ne sourit pas, ses yeux très clairs fixent l'objectif, offrant son regard un peu perdu. Sur le second, sa femme, à son côté, est sévère et semble poser à contre-coeur. Vêtue d'une robe sombre qui lui arrive à mi-mollets, elle est petite et mince comme moi.

D'autres clichés pris à l'occasion de mariages, donnent à voir les costumes endimanchés de la famille regroupée bien serrée. Les mariés et leurs invités posent avec gravité, comme impressionnés. La joie n'affleure pas sur leurs visages. Je reconnais quelques personnes, oncles, tantes ou cousins que nous avons un peu fréquentés. Ils semblent sortis d'un autre siècle où l'on ne pensait pas, comme aujourd'hui, devoir laisser un témoignage foisonnant et attractif de ces jours particuliers. Est-ce seulement la pudeur de l'époque qui leur valait d'afficher ces mines figées et plutôt glaçantes devant l'objectif ? Que cachaient ces visages sérieux ?

# Mon père

Mon père est né le 18 décembre 1902 à Carignan dans les Ardennes. Il habitait une maison, sans grâce d'après une photo, en bord de route, la grand'rue, à la sortie du village. Une de leur pièce du rez-de-chaussée était un café, tenu par sa mère. De cela il ne m'a guère parlé, non plus que des détails de sa vie quotidienne.

Carignan a été reconstruite presque entièrement après les bombarde-ments. J'ai toujours pensé que ça n'avait toujours été qu'une ville très austère, aux maisons sans fleurs, comme ce que j'avais constaté bien plus tard. C'était en tout cas une région au climat très rude. Il y a très longtemps que j'y suis retournée et je n'ai jamais parlé du passé avec quiconque là-bas.

Il a connu les carrioles à cheval, le plus beau cadeau qu'il ait reçu a été un vélo acheté par son père. Il évoquait ce dernier comme quelqu'un de compréhensif avec lui, le contraire de sa mère de laquelle il ne m'a jamais dit de bien, en fait. D'elle, il se rappelait quelques réflexions concernant surtout des dépenses mais pas de paroles affectueuses. Sa radinerie l'avait marqué. C'était une petite femme renfermée, sans joie de vivre apparemment.

Il avait deux sœurs légèrement plus âgées que lui qu'il ne semblait pas non plus beaucoup porter dans son coeur.

Je ne sais rien non plus sur sa scolarité. A l'âge adulte, après avoir exercé plusieurs métiers que j'ignore -à part le fait qu'il ait travaillé dans une fromagerie-, il a appris l'électricité et a travaillé à la SNCF. Il intervenait sur les voies d'abord, en déplacements, puis, dans mon enfance, il a été muté à la gare de l'Est. Il avait une belle écriture, bien tracée, et je crois qu'il maîtrisait l'orthographe. il est vrai que je n'ai jamais rien lu de bien long écrit de sa plume.

Jeune, il semblait avoir été assez insouciant dans son village, s'être fait souvent élégant et avoir eu du succès avec les filles. Sur certaines photos de mariages, on le voit, bien penché vers ses cavalières, en costume, chapeau sur la tête, l'air conquérant ! S'il ne racontait rien de ses fredaines, il ne se cachait pas d'apprécier les jolies filles, surtout celles qui avaient de beaux mollets ! Il nous faisait rire volontairement avec ce détail inattendu. Il a connu Maman un peu avant 40 ans en prenant pension dans l'hôtel-restaurant-bureau de tabac qu'elle tenait seule, avec une bonne, depuis qu'elle était veuve. Elle avait une fille et un garçon qui devaient avoir vers les 7 et 5 ans.

Ils sont tombés très amoureux, il l'a aidée dans son café. C'était une affaire qui tenait bien la route, même en temps de guerre. Mais bientôt il a voulu qu'elle vende, qu'elle liquide tout. Etait-ce pour la soustraire aux regards de ses clients ? Elle était jolie, aisée, convoitée, il le supportait mal.

Ils n'ont plus connu la même aisance par la suite et le vieux célibataire qu'il était a endossé le rôle de chef de famille.

## 1951/1952 – un matin

Mon plus ancien souvenir remonte à l'âge de 3 ou 4 ans, je ne suis pas encore scolarisée. Je dors toujours dans un petit lit en fer, à barreaux, qui me tient emprisonnée. Il est quasiment au milieu de la chambre, au pied du lit de mes parents. Ce matin là, je me réveille, j'entends Maman, je l'écoute chantonner par moments. Elle fait la lessive dans la cuisine. Elle a dû mettre à bouillir sa lessiveuse sur l'un des deux brûleurs du réchaud à gaz. Elle frotte le linge sur une petite planche, adaptée à la pierre à évier marronnasse. Elle va le rincer à l'eau froide, dans une cuvette posée par terre, sans doute.

Je veux qu'elle me lève, je l'appelle sans fin. Ne lui laissant que quelques secondes de répit, je recommence, sur tous les tons. Je pleurniche, je pleure, je crie, je pense qu'elle exagère de me laisser dans cet état. Je sais qu'elle fait la sourde oreille, qu'elle m'entend et qu'elle a un travail à terminer. Enfin elle me répond, me fait patienter. Déjà grande pourtant, je n'ose pas entreprendre l'escalade qui me permettrait de la retrouver. L'attente s'éternise, me met en colère, m'inquiète. Combien de temps vais-je rester seule ainsi ? Je l'appelle à tue-tête, je suis sûre qu'elle va céder comme elle le fait toujours finalement.

Elle cède, enfin !

# Les voisins

J'aime m'échapper pour aller chez nos voisins d'en face. Je trouve que c'est très beau chez eux. Les meubles changent de temps en temps, il y a un chauffage au gaz dont on voit les belles flammes bleues, pas un poêle archaïque et poussiéreux comme chez nous. Ils me chouchoutent. Ils sont plus jeunes que mes parents, je les aime tous les deux. Ils n'ont pas de petite fille, juste deux garçons, très durs à ce qu'ils disent. Ce sont eux qui ont mis des pétards dans la boîte aux lettres de la poste, un sacrilège incroyable à mes yeux. J'ai su que le scandale dans le quartier leur avait valu quelques coups de ceinture de leur père, j'en suis impressionnée.

Quand leur maman me garde, elle aime faire ma toilette en grand. Elle m'assoit sur la table, me parfume, me met du vernis sur les ongles, on dirait qu'elle joue à la poupée avec moi. Elle est coquette et jolie. Son mari est italien, il écoute ces 45 tours que j'entends parfois à travers le palier. Luis Mariano, Dalida et son célèbre Bambino, Charles Aznavour, « tu te laisses aller » qu'il chante à sa femme en me faisant un clin d'oeil, Gilbert Bécaud, Bob Azam - fais-moi du couscous chéri, fais-moi du couscous !-, les Platters, toutes ces chansons que j'adore parce qu'elles me rendent sur le coup si joyeuse, et que je sais les chanter très fort moi aussi.

Monsieur Martino me donne chaque fois quelque chose à rapporter à la maison. Leur fils, Jeannot, de trois ou quatre ans plus âgé que moi, se couche sur ses jouets pour que je ne reparte pas avec l'un d'eux, il pleure parfois de cette injustice. Cela ne m'émeut pas, ne suis-je pas une petite princesse dans cette famille ?

Quand c'est l'heure de rentrer et que Maman vient me chercher, les adultes se retrouvent un moment, parlent entre eux, se donnent des nouvelles du quartier, j'aime ça. Plus tard, je me mêlerai de la con-versation, reprendrai ma mère qui, selon moi, change la réalité parfois. Elle se fâchera alors et je finirai quand même par me taire. J'ai peu de notions d'éducation.

Dans le bâtiment de la cour, en face de notre fenêtre de chambre, au premier étage, il y a un autre appar-tement. On y accède par une passe-relle, « le balcon », depuis notre palier. Mme A qui l'occupe autorise les trois voisines de l'étage à y mettre leur linge à sécher.

Nous savons beaucoup de choses de la vie de chacun dans l'immeuble et j'ai conscience que d'autres enfants sont encore plus mal lotis que moi. J'entends des cris, des disputes. Je comprends notamment que là, tout près, il existe une autre réalité, plus dramatique que celle que je vis.

Chez une autre voisine, les rideaux sont toujours décrochés, les deux fenêtres, toujours sales, rarement ouvertes sur des pièces sombres. Ses deux enfants ont à peu près mon âge et bien des difficultés à l'école. Leur maman dit que j'ai des facilités, que c'est comme ça, qu'on n'y peut rien ! Elle n'est pas jolie, la pauvre, toujours mal coiffée, les cheveux raides, de la poudre plein la figure, par plaques, le rouge à lèvres qui déborde. Ses dents sont déchaussées et elle a un œil à moitié ouvert ! Ça ne sent pas bon chez elle, son fils fait pipi au lit, je n'y vais jamais. Mais je l'aime bien, je la vois serviable avec tous, gentille avec moi aussi. Je le sais que son mari boit ! C'est un ancien boxeur, c'est donc bien pour cela qu'il a le nez tout écrasé. Il y a de grandes bagarres chez eux, elles me font peur.

Chez nous c'est différent car Maman ne répond jamais fort à Papa quand il crie et surtout il ne touche pas à l'alcool. Il prend juste un peu de vin, raisonnablement, à table.

Tout le monde a des maladies plus ou moins graves dans notre immeuble. Quand le « petit vieux » du dessous est mort, j'ai entendu distinctement les cris de désespoir et d'incompréhension, les appels au secours de sa femme. Depuis, ses sanglots et les paroles qu'elle lui adressait me hantent régulièrement, ils s'ajoutent à tout ce que je retourne dans ma tête avant de dormir, quand je pleure sans faire de bruit. Jusque là, la seule idée de la mort qui me venait à l'esprit, et celle qui me terrorisait le plus parmi mes autres idées noires, était la certitude que mes parents, plus âgés que ceux de mes camarades, me laisseraient orpheline. Maintenant, ces plaintes entendues renforcent encore mon anxiété.

Le voisin du dessus doit être un peu fou : il cogne sans cesse, on se demande bien sur quoi et... avec quoi..., comme s'il bricolait éternellement. C'est une énigme pour tous les locataires ! Mon père hurle en direction du plafond de temps en temps, pour le faire cesser. Je déteste cette violence. Au rez-de-chaussée il y a la « rouquine », une femme rigide, au regard rétréci et hostile, au chignon strict, l'ennemie de tous. Elle vit avec sa sœur aînée, plus effacée. On sait, -ou on imagine- qu'elles terrorisent toutes deux leur vieux père, Anatole. La cadette prend, paraît-il, les lettres dans les boîtes, monte dans les escaliers pour écouter aux portes. Prise en flagrant délit d'espionnage à notre étage, il lui est arrivé un jour de mordre Maman qui tentait de l'enfermer dans les toilettes du palier, le seul refuge qui s'offrait à elle dans sa fuite. Mes parents ont porté plainte mais cet épisode est resté pour nous tous une histoire assez honteuse.

Au 6ᵉ, les appartements sont encore plus petits, ce sont de minuscules chambres de bonne mansardées, côte à côte. C'est là qu'habite Nicole. Elle n'est pas vraiment une cama-rade. L'odeur de renfermé est par-ticulièrement désagréable à cet étage. Nicole vit avec sa maman et son grand frère. Je ne la vois que lorsque nous allons prendre un cours collectif de violon le mercredi soir dans une salle de la gare. Elle ne descend pas jouer.

Dans la rue, nous sommes 4 ou 5 fillettes des immeubles voisins à nous retrouver sur le trottoir assez étroit. Nous y dessinons des marelles à la craie, entamons de longues séances avec une, deux ou trois balles qui ne doivent pas rebondir en dehors de l'espace exigu entre deux fenêtres, ou rouler sur la chaussée.

Un refrain sans cesse répété nous indique le rituel des figures imposées de plus en plus compliquées et rapides. Nous nous autorisons des parties de corde à sauter, houla-hop, saute-moutons ou de chat sans nous attirer de protestations des passants. Régulièrement et selon les modes, assises sur le seuil de l'entrée, nous entamons des cycles : osselets ou fabrication de scoubidous, bavardages agrémentés de quelques mensonges... Il n'y a jamais de chamailleries entre nous et j'obéis dès que Maman m'appelle par la fenêtre pour rentrer.

# 6 ans - Un dîner

Maman s'est occupée seule du dîner qui est toujours copieux et change chaque jour. Elle ne nous demandera tout-à-l'heure qu'un peu d'aide pour essuyer la vaisselle. Le repas va durer longtemps, toujours à la même heure, été comme hiver. Je pesterai plus tard contre ce règlement intangible qui appelle à l'obéissance totale.

Sept heures, c'est l'heure d'aller à table. On m'a prévenue de me laver les mains. Je le fais, au robinet d'eau froide de l'évier de la cuisine, obéissant sans rechigner à l'une des rares obligations strictes d'hygiène dans la maison. J'ai pour mission de remplir la bouteille d'eau également et de l'apporter. Voilà, je cours me mettre à genoux sur ma chaise pour être à la bonne hauteur. Le repas va se dérouler en écoutant les informations de Radio-Luxembourg. Je me familiarise avec des noms d'hommes politiques : René Coty, Guy Mollet... On parle encore de l'affaire Dominici, il est question du froid qui est particulièrement terrible. Je pense qu'heureusement l'abbé Pierre aide les malheureux... Mistinguett est morte aujourd'hui, elle est enterrée en grande pompe. Qui est ce Nasser avec son canal de Suez ?

J'ai le droit de parler à table mais, assez régulièrement, on m'ordonne de me taire. Aujourd'hui j'excède mon père, je parasite son écoute en étant trop bavarde. Il a élevé la voix, m'a prévenue de son changement d'humeur. Je passe outre. L'ordre tombe, une fois, deux fois. Je sens sa colère monter. Par défi plus que par inconscience, je persiste à jacasser, à chanter, qui sait ? Il prend alors la bouteille d'eau et m'arrose la tête abondamment. Saisie, vexée, je me tais. Je juge la punition méritée, je plonge le nez dans mon assiette, l'incident est vite clos.

# Une simple réparation

Lui      T'as acheté la colle ?

Elle      *(elle va la chercher),* tiens.

*Il va s'énerver peu-à-peu jusqu'au paroxysme de la colère.*

Lui      *(il regarde le tube).* Mais non, qu'est-ce que c'est que ça, je t'avais dit de la colle pour faïence, qu'est-ce que tu veux que je fasse avec ça ? *(il jette le tube sur la table).* Ah, c'est toujours la même chose. Ca tiendra pas avec ça.

Elle      Ca va peut-être aller,

c'est une colle universelle qui prend à la minute.

Lui     Il fallait aller chez Brico, ils ont tout là-bas. C'est pas possible... *(il étale la colle malgré tout sur une anse du vase).*

Tiens, tu vas maintenir ce morceau, sans le bouger surtout... bien serré... pendant que je colle l'autre.

Appuie, bon Dieu ! .. . *(elle bouge un peu, rien ne tient)* Voilà ! Çà tient pas !     Merde ! *(il jette violemment le torchon en boule qu'il tenait)*. C'est toujours pareil dans cette baraque, y a jamais ce qu'il faut. Regarde voir si tu trouves l'ancien tube dans le tiroir.

Elle     Il était fini.

Lui     Il en restait, j'te dis. Où tu l'as fourré encore ? Faut pas me prendre pour un con, j'm'en rappelle bien, j'suis pas fou ! (Il *fouille à son tour en retournant tout dans le tiroir du buffet)*.Toujours ta manie de ranger... Mes outils, c'est pareil... ah tu peux rien laisser en place ! (il l'imite) : « C'est pas beau, c'est pas beau », mais je m'en fous moi que ça soit pas beau.

Elle       Il faut bien ranger quand même.

Lui       C'est ça, moi aussi je vais commencer à virer tout ce qui me gêne, vous allez voir. *(Il jette à nouveau rageusement le tube de colle, puis ses lunettes, se lève, se rassoit et s'apprête à essayer encore une fois)*. Bon, si ça marche pas, tu peux le foutre à la poubelle, ton vase. *(Ils recommencent l'opération, il lui donne les mêmes ordres)*. Donne-moi mon chiffon, vite. Ah, ça me fait chier, ça tiendra jamais. *(Ils attendent un peu que la colle prenne, chacun tient une anse. La petite fille assise de l'autre côté de la table s'est arrêtée de lire depuis un moment. Elle les écoute)*.

Lui      Ah, j'en ai plein le dos, bon Dieu de merde. Ah, ça me fait chier, saloperie de merde !.. *(Ils tiennent toujours les anses).*

Elle      Allez, ne t'énerve pas, ça a l'air de commencer à prendre.

Lui      *(méprisant)* Pf..

*(Au bout d'un petit moment : même résultat. Il se lève et attrape sa chaise qu'il repousse violemment, la petite fille va s'asseoir sous la table).*

Ah bordel ! Mais c'est pas possible de se laisser emmerder comme ça.

Elle      Bon, calme-toi, ne crie pas.

Lui      Je crierai si je veux, j'en ai rien à foutre. Je suis chez moi, j'emmerde tout le monde.

**Elle**     Les voisins, quand même, ils n'ont pas besoin de nous entendre. *(Il crie bien plus fort).*

**Lui**     Les voisins, les voisins, y avait longtemps... j'en ai rien à foutre des voisins. Tu me fais chier avec tes voisins, vous me faites tous chier d'abord ! Tiens, vaudrait mieux être crevé que de se faire chier comme ça ! Et merde ! Allez hop, c'est foutu. Ah, nom de Dieu, de nom de Dieu de bordel de merde... *(il attrape le pain à portée de sa main et le jette avec force sur la table. La petite fille s'est raidie, elle retient sa respiration, on devine que son cœur bat à tout rompre. Elle regarde intensément son père).*

**La petite**     *(elle hoquette dans ses larmes)* Papa, Papa, ne crie pas, s'il te plaît Papa. *(il a attrapé une chaise mais il regarde la petite comme surpris, ne répond pas et après une courte hésitation, il va au bout de son geste pour jeter la* *chaise violemment. Puis il attrape sa veste).*

Lui *(à sa femme)* Laisse ça comme ça, je vais en trouver, moi, de la colle. (il sort).

# Les années 50

Mon père me consacre du temps. Il m'apprend à lire l'heure en me dessinant des horloges et il m'explique les fractions en traçant des cercles dont nous comptons ainsi les parts. Il a fabriqué pour moi un petit tableau noir en peignant un rectangle de bois qu'il a accroché au mur. Plus tard, jusqu'à mes 8 ou 9 ans, il m'y posera des opérations, me fera écrire les tables de multiplication qu'il me fera réciter.

Il aime démonter une pile ou un appreil à réparer pour m'en montrer le fonctionnement et me faireparticiper à ses bricolages.

Pendant que je tiens religieusement le marteau ou les vis, il peut lui arriver d'évoquer les deux ou trois mêmes souvenirs de son enfance : son père qui savait se montrer généreux, sa mère qui était sèche et distante. Il se rappelle la scène terrible qu'elle lui avait faite pour la perte des courses tombées de son porte-bagages. Il souligne toujours sa mesquinerie.

De sa jeunesse, il évoque le fait qu'il avait une moto mais ne me parle pas de ses virées dans la campagne. Il me raconte cette anecdote : quand il était jeune employé dans la laiterie, sans tenir compte de l'apprentissage de son patron, il avait décidé de ne pas écrémer le lait pour se confectionner un fromage « au-dessus de tout » pour sa consommation personnelle... Chacun avait pu constater que le résultat était immangeable. Il me laisse deviner la moralité sous-jacente.

Je lui trouve des airs de Gary Cooper, c'est dire si je le trouve beau ! J'aime ces photos où je le vois bien habillé, portant crânement un chapeau, prenant la pose qui convient pour serrer de près des jeunes filles. De sa rencontre avec Maman, il ne dit rien. Il décrit, par contre, le moment où, jouant son rôle de père, il essayait régulièrement d'endormir ma sœur en lui chantant une berceuse. Elle finissait par fermer les yeux et, dès qu'elle le sentait prêt à partir, elle les rouvrait tout grands en lui assénant rituellement un « encore » impératif. Vient ensuite le récit du bombardement sur le champ de courses de Longchamp. Il avait protégé la famille en plaquant au sol ma soeur, ma demi-sœur et enfin Maman et en s'allongeant sur elles toutes. Ils étaient rentrés couverts de boue et choqués. J'écoute, attentive et grave ces faits peu réjouissants...

Il me raconte aussi quelques histoires bien morales de son invention, je les lui redemande souvent. Les petits voleurs de bonbons trahis par un miroir dans l'arrière boutique de l'épicière, le petit voleur de chaînette chez le maréchal ferrant qui se brûle les mains... Il m'apprend des jeux de cartes simples afin que nous puissions en faire des parties tous les deux.

Nous sortons souvent, il m'emmène avec lui et nous marchons en ville sans jamais prendre l'autobus. Je lui donne la main, il la verrouille dans la sienne avec son petit doigt autour de mon poignet pour que je ne puisse pas m'échapper. Quand le chemin est long et qu'il me devient difficile d'aligner mes pas sur les siens, il me porte sur ses épaules. Perchée là-haut, je me sens si facilement euphorique qu'il me prend souvent une envie de chanter à tue-tête, il me laisse faire.

Il m'achète parfois un gâteau. « Que veux-tu ? Un croissant, c'est tout, tu es sûre ? Tu es raisonnable ». Ça lui plaît.

Sur le tableau noir, je note le résultat des courses pour lui. Le dimanche il m'emmène faire son tiercé au café ou, exceptionnellement, nous nous rendons sur la pelouse des hippo-dromes de Vincennes, du Tremblay, de Longchamp. Il me fait choisir des chevaux sur son journal. Il dit que je lui ai déjà porté chance. Des joueurs lui demandent parfois si je peux faire la même chose pour eux et je m'ap-plique à faire semblant de me con-centrer. Bientôt je ne choisirai que des noms à consonance anglaise et mon père abandonnera cette idée de se fier à mes intuitions.

Dans l'une des deux pièces de l'appartement, il y a un canapé-lit que ma mère et lui déplient le soir, une fois la table repoussée. C'est sur cette banquette qu'il se tient souvent le jour, les autres meubles occupant tout l'espace restant. Fidèle au sur-nom affectueux qu'il m'a trouvé, «le petit crampon», je le rejoins quand il lit son journal, se repose, ou écoute la radio. Je le soigne avec ma trousse de docteur, je le coiffe : tous les cheveux en avant, tous les cheveux en arrière, sur le côté, avec une raie au milieu, je l'embrasse... J'ai peu de place, je me serre au maximum quand je m'allonge à son côté. J'aime me retrouver coincée entre lui et le bord intérieur du divan, dans son odeur. Je ne recherche pas cet échange de câlins avec ma mère qui est toujours occupée.

J'ai bien conscience que l'attache-ment inconditionnel que je lui porte l'apaise et fait diminuer à l'occasion la pression d'une ambiance tendue et sinistre. Je me tiens tranquille près de lui, sans le tyranniser. Nous sommes bien et le bloc que nous for-mons momentanément offre de lon-gues parenthèses de calme dans la maison. Chaque femme peut m'en être redevable.

Je suis sa petite dernière, arrivée pour ses 46 ans. Timide en société mais jacassante à la maison, je le distrais. Je ne sais pas encore à quel point il aurait désiré avoir un garçon pour le débarrasser du statut de seul mâle de la famille et que… « Ah, merde » ont été ses premiers mots à ma naissance !

De moi, il dit aux voisins : elle est douce, calme, consciencieuse, très sensible. Je pense : cela ne durera pas, je ne serai pas toujours ainsi !

# Le manteau caché

Ce soir, il doit partir au travail, il est « de nuit » Je suis excitée, nous avons bien joué ensemble, au docteur pour le soigner, aux dames. Je ne veux pas qu'il parte. Je cache son manteau sous le lit, pour voir… Il va être en retard. Sa colère monte terriblement. Avec courage je m'obstine et ce n'est que lorsqu'il est hors de lui, criant, jetant les objets dans sa recherche, que je prends peur et lui indique l'endroit en hoquetant.

# La mallette d'infirmière

Je suis malade. Je dois rester un mois à la maison. Pas d'école, il va me falloir rester toute seule dans l'appartement. Plusieurs fois j'ai lancé l'idée qu'une panoplie d'infirmière me ferait plaisir, il n'y a pas eu d'écho. Puis, un soir, il revient avec une magnifique mallette, plus grande que toutes celles que j'avais pu voir dans les magasins et dont j'avais pu rêver.

# Les vacances

Nous partons en vacances tous les ans. Le voyage est, là encore, la source d'une certaine honte pour moi ! Chargés comme des mulets de paquets mal ficelés, nous prenons le train avec des provisions vite déballées et partagées. Sans réservations la plupart du temps, nous devons nous dépêcher pour investir un compartiment de troisième classe. Mon père peut alors se délester de l'infâme musette qu'il porte en bandoulière et d'où dépassent, rangées dans un long étui cousu dans une toile à matelas, ses cannes à pêche et son indispensable et énorme épuisette. Il enlève aussi son chapeau de pêcheur tout cabossé qui remplace son habituel béret. Il voyage souvent en bleus de travail.

Nous campons dans une tente, une canadienne classique, mais qui se révèle pourtant semblable à nulle autre car elle est confectionnée dans une solide bâche vert foncé. Conçue par mes deux parents, elle a été cousue par ma mère avec une machine à coudre à pédalier qui a trouvé miraculeusement sa place dans la petite chambre. Comment déplier autant de tissu et ne pas se décourager devant les aiguilles qui se cassent dans les épaisseurs d'une toile aussi résistante ? Maman a été capable de ce travail titanesque. Elle en sera particulièrement récompensée quand, sur notre lieu de camping en haut de la falaise de Mers-les-Bains, notre tente seule va résister à la tempête !

Encombrante et aussi lourde qu'une grosse valise, la porter relève d'une force impressionnante. Il faut aussi se charger des grands piquets et de tout le matériel indispensable : les matelas pneumatiques (qui se dégonflent à l'usage), le gonfleur, les verres pliants (qui se referment en buvant), le réchaud à essence récalcitrant, les casseroles aux manches amovibles (qui vrillent), les assiettes en plastique, la vache-à-eau... Pas de table (une caisse en fera bien office), on s'assoit par terre, on a recours aux moyens du bord et on aime plutôt ça.

Grâce à nos «permis », et en bons cheminots attachés à la SNCF, nous pouvons nous permettre de sillonner et de visiter la France. Nous passons un mois complet dans un ou plusieurs endroits réputés, nous marchons beaucoup.

Une certaine liberté nous est enfin accordée à ma sœur et à moi et nous faisons la connaissance d'enfants et d'adolescents de notre âge. Je garde en mémoire les veillées où toute une bande dynamique improvise des jeux, chante à tue-tête en plein air, dans un local de fortune ou les sanitaires, peu importe le confort. Je suis souvent la plus petite, la mascotte. Je joue avec grand plaisir et une pointe de coquetterie le rôle de chaperon de ma sœur qui doit me traîner partout derrière elle. Ses flirts m'acceptent toujours et je me fais leur complice pour profiter de leur présence masculine et de leurs attentions.

Je nous revois, en famille sur la plage. Nous avons l'interdiction de nous baigner pendant la sacro-sainte digestion évaluée à trois ou quatre heures. J'entre entièrement dans ma minuscule bouée, tout mon corps grelotte et je claque des dents. Le goûter me redonne de l'énergie. J'aime, malgré leur vilain aspect, les tartines recouvertes de chocolat râpé peu conformes aux goûters des autres enfants. Heureusement, c'est aussi le début des chocos BN qui vont les remplacer et me sauver de cette énième source de vexation.

Les jeux sont peu nombreux. Nous fabriquons des cerfs-volants en papier. Nous nous défoulons sur notre Jokari et aimons ramasser des marmites entières de moules et de coques avec Maman pendant que mon père va à la pêche.

En septembre, il reprend son travail et il nous arrive de camper avec ma mère encore tout un mois près de Paris, dans un grand pré qui borde la Marne, à Nogent. Les bords de l'eau ne sont pas encore bétonnés et nous pouvons y tenter quelques baignades et des parties de pêche. Je ne m'y ennuie pas. Maman sympathise avec des jeunes à l'occasion. Elle est un peu effrayée de dormir seule avec nous et les savoir à proximité la rassure. Nous profitons de leurs initiatives et de leur joie de vivre. Aller au centre de Nogent avec eux est une petite expédition menée dans le but de se ravitailler. C'est encore un village, déjà surplombé par son immense viaduc.

L'école ne recommence que le 1er octobre.

# La campagne

Je goûte à la vie rurale avec joie régulièrement. J'y suis très sensible pendant les quelques semaines annuelles passées à la campagne. C'est une vraie chance d'avoir « ma tante Hélène » qui habite une petite ferme, dans un hameau de trois maisons, à la frontière de la Marne et de la Seine-et-Marne. Ma mère et moi nous y rendons par le train jusqu'à La Ferté Gaucher. Il nous faut ensuite attendre trois bonnes heures devant une grenadine, au café de la gare puis prendre un autocar ventru et bruyant pour nous enfoncer en pleine campagne. Maman est née et a vécu dans cette région qui a encore peu changé. Je peux imaginer, plus qu'elle ne me les décrit, les lieux tels qu'elle les a connus. Elle met encore des noms sur les maisons : celle du Père Machin, des Untel, de la Mère Trucmuche... Encore n'ai-je jamais vu son village natal et les endroits si proches où elle avait vraiment habité enfant et jeune femme. Sans voiture, nous ne pouvons pas nous y rendre.

Je partage sa joie et suis encore plus impatiente qu'elle d'arriver. Je me souviens de la longue route départementale, souvent bien droite et semblant interminable au milieu des champs. Par endroits, les majestueux platanes qui nous font une haie d'honneur m'impressionnent. Des petits villages tous semblables la bordent. La route en est la seule rue, au ras des maisons. Régulièrement on passe devant une épicerie-bar, une église, un cimetière, on croise un tracteur.

Maman ne reste que quelques jours. Lorsque nous arrivons, ma tante qui a été prévenue par courrier joue chaque fois la grande surprise et les deux sœurs sont heureuses de se retrouver.

La ferme me semble immense. Elle comporte en enfilade une étable et une écurie capables d'abriter une dizaine de vaches et deux chevaux, le corps de maison composé au rez-de-chaussée d'une grande pièce, d'une chambre et d'une petite cuisine sombre, sans eau courante. A l'étage une chambrette mansardée est accessible par un escalier de fortune sans électricité, fait de plan-ches disjointes. Toujours attenant, un appentis encombré d'outils et une grange pleine de bottes de paille où pondent les poules. Dans la courette, le puits dont la grande roue équipée d'une chaîne sert à faire remonter l'eau non potable qui se déverse dans un grand baquet en bois. Un lavoir, grande cuve moderne, carrée en ciment, dont la margelle à bonne hauteur permet de frotter le linge sans avoir à se baisser. Enfin, jouxtant la grange et commençant au ras du sol, un escalier menant à une cave remplie de quelques tonneaux où fermentent « le pom-pom » peu alcoolisé que j'aime, du cidre et un vin aigrelet.

Moi, si peureuse de tout, je ne crains pas d'être laissée seule dans la petite chambre où je me sens bien pour dormir. La table de nuit renferme quelques trésors : un immense Meccano qui m'offre la possibilité d'assemblages passionnants, un vieux livre rouge et doré des Mille et une nuits richement illustré, des billets d'honneur de mes cousins, et des images de communion que je contemple avec intérêt. La fenêtre donne derrière la maison, juste au-dessus du tas de fumier dont j'aime bien retrouver furtivement l'odeur. Et, au-delà, quelle vue ! Les restes d'un potager, le clos d'arbres fruitiers, la grande meule circulaire pour aiguiser les outils, la carcasse rouil-

lée d'un engin de labour que je pour-
rai escalader sans fin, les champs
tout autour.

En bas, la grande pièce carrelée de
dalles mouchetées aux couleurs
gaies est très propre et les plaques
de la cuisinière en faïence toujours
soigneusement astiquées. Le four va
rougir pour faire cuire les tartes que
Maman ne manquera pas de nous
préparer avant de repartir. Ma tante
ne cuisine pas, elle me nourrit de
gâteaux, de sardines en boîtes, de
« pilchards » qu'elle affectionne, de
bananes, d'œufs, de fromage. Ce
régime n'est pas fait pour me dé-
plaire. Dans le buffet, je sais où trouver le chocolat, le pain, le beurre. Je
ne devine pas qu'Hélène a, comme
on dit « sombré dans l'alcool !». Elle
ne s'est jamais remise de malheurs
que je ne connais pas. Je sais,
toutefois, que le départ de son fils
cadet pour l'Algérie et sa longue absence depuis la minent. Elle lui
envoie des colis et nous écoutons, le
matin, les soldats qui s'adressent à

leur famille à la radio. Elle espère toujours l'entendre et, angoissée jusqu'à l'obsession, se montre agressive avec mon oncle et son fils aîné qui n'ont jamais eu à connaître un tel enfer. J'arrive à imaginer qu'elle a dû souffrir d'une vie trop isolée, elle si coquette, bavarde et active paraît-il, étant jeune. Un travail à la ville lui aurait mieux convenu. Elle critique beaucoup mon oncle, regrette son mariage à haute voix. Elle l'apostrophe méchamment. Il la laisse dire sans rien lui répondre, je le trouve très digne alors. Au fil du temps, je sais qu'elle délaisse toutes ses obligations de fermière. Mon oncle doit sûrement la remplacer à la traite le matin. Peu à peu, je vois qu'elle ne se livre plus qu'à un peu de ménage, toujours entrepris avec plaisir. Il me semble qu'elle disparaît de longues heures pendant la journée mais j'arrive si bien à m'occuper et je suis si jeune que je ne m'en rends pas vraiment compte et que je n'en cherche pas la raison. Nous mangeons sur une longue table flanquée de deux bancs. Elle en possède une autre dans un coin, ronde et brillante, en bois noir, sur laquelle elle a posé, ainsi que sur un joli buffet, de grands cadres contenant les photos de son mariage, de ses fils militaires. Au mur, une petit coucou sort de sa maisonnette à chaque quart d'heure pour indiquer par son chant le temps qui passe.

Dans sa chambre -car je soupçonne mon oncle de dormir dans la grange- il doit faire bien froid l'hiver ! Son odeur de renfermé vient de l'humidité mais j'y aime tout : le papier peint fleuri à l'ancienne, les jolis rideaux crochetés en coton blanc, le carrelage de tommettes rouges qui a blanchi par endroit. J'admire particulièrement sa table de toilette. Les flacons, la coupelle de poudre, la houppette en cygne, le miroir, me font rêver comme autant de vieux objets précieux et inutiles qui seront épargnés à jamais de disparaître. Ils sont là juste pour le plaisir des yeux, contrairement à chez moi où presque tout a son utilité. Sur le lit, une grande poupée bien sûr, une pendule sur la cheminée. Je n'oublie pas de regarder les gravures accrochées aux murs, toutes piquetées de rouille. On y voit des dames chapeautées et des enfants avec leurs chiens parés de rubans, tous endimanchés et certainement riches. Un petit commentaire souligne la délicatesse de l'ensemble : « un bel après-midi à la campagne », « le genou écorché »... Il n'y a pas de photos encadrées de mes grands-parents maternels.

Le seul café-épicerie où elle m'envoie parfois pour acheter, surtout du vin... se trouve à un bon kilomètre. Tenus par une corde, les deux gros chiens fous que je persiste à emmener, m'obligent à courir tout le long de la route et à prendre garde de bien les maintenir sur le bas-côté. Les voitures circulent vite. Le camion de ravitaillement aux multiples petits compartiments et le boucher s'arrêtent et klaxonnent devant la ferme une fois par semaine. Le boulanger doit passer deux fois, le poissonnier est inexistant. Je trouve étonnant que ma tante puisse même acheter ainsi ses vêtements, à un camelot. Chacun a son jour, son heure et donne l'occasion d'avoir des nouvelles du voisinage.

Si Maman reste un peu, nous rendons parfois visite à des voisins qui habitent à quelques kilomètres que nous faisons à pied. Toujours considérée comme « du pays », on l'appelle « la cousine » et on l'embrasse. On nous offre parfois quelques cerises à l'eau de vie, des œufs emballés dans du papier journal. Certaines maisons sont repoussantes, les poules, les chiens y entrent par tous les temps. Les « paysans », -c'est ainsi que nous les appelons-, ont gardé leur fort accent campagnard et leur patois : le sieau, le vieau, la bérouette... Je me moque  intérieurement. Les conversations me semblent déjà bien terre à terre et médisantes, les cancans y occupent toujours une bonne  place : unetelle qui s'est mariée enceinte, qui tient mal sa maison, qui coupe le lait de ses vaches avec de l'eau... et même, une fois, une sombre histoire de veuve dérangée qui hante le cimetière la nuit et qui m'a valu encore de gros cauchemars.

Je vais tenir compagnie à la vieille voisine d'en face. Grosse, vêtue jusqu'aux pieds d'une robe et d'un grand tablier gris, elle se tient pliée en deux. Ses cheveux sont toujours dissimulés dans un vieux foulard et elle n'a pour ainsi dire plus de dents. Sa peau est jaune, crevassée et, avant que je ne renonce à l'embrasser, sa barbe et sa moustache me piquaient comme des aiguilles. Elle donne à ses cochons des pommes de terre cuites dans un brasero dont je me régale aussi. La bouillie de céréales qu'elle verse dans leurs auges sent bon, j'en mangerais presque... Elle se prend toujours la tête entre les mains en gémissant « ah, ma téte, ma téte ! ». Dans sa salle à manger, elle me raconte entre deux plaintes les guerres qu'elle a vécues, l'exode, comment elle a vu un cheval être décapité sous ses yeux. Je passe des heures avec elle.

La troisième maison est celle de l'ancien garde-champêtre, le Père Armand. Lorsqu'on a supprimé pour de bon ma ration de lait encore prise dans un biberon, ce gros malin s'était fait un plaisir de m'asticoter chaque jour avec ce détail cuisant ! Son sempiternel refrain, « La teiteille, elle est cassée !», me poussait illico à redoubler rageusement de pleurs dans les bras de ma tante.

On me menace parfois de me laisser chez lui et je fais alors semblant d'avoir peur. Il a gardé sa belle plaque dorée et son ceinturon et il range son pain et sa nourriture dans une grande maie si profonde qu'elle pourrait bien m'engloutir. Je le fais enrager, je l'appelle, je me cache, il feint de me chercher. C'est au fond de son jardin qu'on va tirer l'eau potable, à son puits. Il semble beaucoup agacer ma tante, peut-être se montre-t-il trop entreprenant ? En tout cas c'est un fameux bavard qui ne se prive pas de lui lancer des plaisanteries sur son humeur du jour ! « Elle est mal lunée, Hélène, aujourd'hui ? ».

J'aime beaucoup mon oncle. Je le vois peu car il préfère la solitude de ses champs à la compagnie de sa femme. Je l'ai observé attelant ses deux chevaux avant de partir chaque matin. Il les manœuvre : « hue, dia », avec une autorité qui me surprend. Les gros percherons s'ébranlent lentement. Il s'est amusé un jour à me jucher sur la croupe de l'un d'eux et a fait mine de mettre mon petit chapeau sous la queue de l'animal au moment où il la relevait pour se soulager ! Il n'a jamais possédé de tracteur, je l'ai vu labourer avec sa charrue en s'arc-boutant, un pied sur le soc pour le maintenir bien enfoncé dans la terre. Il sème avec les gestes amples qui conviennent, arrondissant un bras après l'autre, la main précise dans le dosage et la courbe du mouvement toujours régulière. Je ressens un bien-être à rester seule avec lui et sa petite chienne pendant quelques heures sur son lopin de terre, sans parler. Je suis plus sensible alors à la nature qui m'entoure, aux chants des coqs qui se répondent, aux longs aboiements lointains des chiens, aux trilles des oiseaux, aux odeurs, à la chaleur de l'été.

Les premières années, ma tante trait encore les vaches, à l'étable ou dans le clos. Je la regarde faire. Elle dépose en brouette, au croisement des routes, des gros bidons que les laitiers viennent ramasser. Nous en prélevons toujours auparavant quelques mesures pour nous et pour la distribution aux animaux.

Un taureau a été hébergé pendant un temps, il m'effraie encore plus que les vaches quand il tourne lentement sa grosse tête vers moi. Mon oncle et ma tante ont des poules, que je n'aime pas beaucoup avec leurs petits yeux ronds, je les course souvent et elles s'éparpillent dans tous les sens en caquetant comme des folles. Je les trouve hautaines et stupides, seuls leurs poussins m'attendrissent. Mon oncle n'égorge jamais un poulet, même pour les vrais repas -le jour de notre arrivée par exemple-. C'est ma tante qui s'en charge, ainsi que d'assommer les lapins, les suspendre par une patte, leur ôter un œil, leur arracher la peau et les laisser se vider de leur sang dans un bol contenant un peu de vinaigre. Je me suis habituée à ce spectacle sans difficultés. Je n'aime pas tellement non plus la horde de chats de toutes les couleurs. Je leur donne du lait et du pain mais les observe assez peu. Sauvages, trop nombreux pour que l'un d'eux soit adopté particulièrement, ils ne savent que s'enfuir à notre approche. Pauvres bêtes, je ne les plains pas de ne recueillir que notre indifférence. Lorsque, malgré tout, je me laisse séduire parfois par un chaton ou un éclopé que j'essaie d'amadouer pendant mon séjour, je ne leur donne jamais autant d'affection qu'aux chiens qui me le rendent au centuple.

Les pigeons en liberté viennent se faire nourrir de grains de blé. Je porte de la luzerne aux lapins et les imite en bougeant mon nez, plantée devant leurs clapiers. Je me fiche ainsi d'eux un bon moment tout en sachant qu'ils vont me fixer sans ciller et, qu'impatiente de courir vers une autre occupation, ils me for-ceront à abandonner la première le face-à-face.

Peu à peu, le nombre de vaches diminue, le linge séjourne des mois dans le baquet. Quand je le manipule pour le plaisir de jouer avec, il est spongieux et nauséabond. Toutes les activités que j'aimais observer et la plupart des animaux disparaissent.

Au fil du temps, mon oncle choisit de ne garder que quelques terres et de s'éclipser encore plus souvent. Il parle si peu que je n'ai plus trop de souvenirs de ses paroles, sinon qu'elles étaient toujours gentilles à mon égard. Je le distrais. Il a une petite chienne « Zézette », -il l'a appelée de mon surnom, claironné par mes parents depuis toujours et partout à ma grande gêne en grandissant !- Il part des journées entières dans ses champs et le soir il préfère aller se coucher avec elle dans le foin de sa grange. Ce petit terrier, pelé, ne le quitte jamais, sauf, selon son humeur, pour rester parfois jouer avec moi qui l'ai apprivoisé. J'ai une passion pour elle, je l'habille, je l'embrasse, lui donne sa part sur chacune de mes gaufrettes ou chacun de mes carrés de chocolat. Dans la grange, après avoir cherché les œufs dans les moindres recoins, nous restons des heures confortablement installées au sommet des bottes de paille. Je lis des illustrés, elle me regarde de temps à autre, à moitié endormie. Par souci de justice, je pense aussi aux deux gros chiens, toujours à la chaîne dans l'étable. Dès que je m'approche d'eux, ils s'étranglent en se ruant sur moi. J'ai beaucoup de peine pour eux. Parfois, je les détache et ils me renversent en me sautant à la figure pour me lécher abondamment. Je ne me soucie pas des gros trous faits par leurs griffes dans mes pulls mais je suis vite débordée par leur vitalité qui m'épuise.

J'adore être livrée à moi-même, je ne m'ennuie jamais. Réveillée tard, je n'entends pas toujours le coq chanter mais le ramdam des poules quand elles ont pondu me fait me lever à coup sûr. Les pigeons aussi roucoulent alors à qui mieux mieux. En bottes de caoutchouc et pantalon, je mène une vie de sauvageonne sans trop me soucier de faire ma toilette. Je joue avec tout : la grande meule, les outils de jardinage, le foin pour y faire des cabanes. Je mange des prunes à m'en rendre malade et, quand, exceptionnellement ils sont là, je me rends intéressante auprès de mes cousins.

Bernard et Michel -qui vient de rentrer de son service militaire- sont de beaux gaillards. Ils aiment me taquiner. J'essaie de les enfermer dans l'appentis, ils jouent le jeu. Je les saoûle de paroles et de chansons. J'ai un béguin pour Bernard qui est plus grand et plus costaud. Cela l'a amusé de me voir plusieurs fois courir derrière son tracteur pour le rattraper. Dans le champ où il travaille pour un cultivateur voisin, il m'a fait monter à côté de lui. Il lui est arrivé aussi de m'emmener faire un petit tour sur sa moto.et quand nous avons rencontré des hommes de son âge, j'ai été attentive à ce qu'il leur disait sur la « petite Parisienne ».

Pendant les vacances, nous rendions également parfois visite à ma tante Simone, à Coulommiers. Elle bénéficiait, comme gardienne, d'un appartement et d'un jardin tarabiscotés, sur plusieurs niveaux, situés dans l'enceinte du Palais de Justice. C'était une femme gaie et pleine d'entrain, heureuse en ménage, maman d'une jolie Marinette. Je me rappelle qu'elle collectionnait ses souvenirs de vacances sous forme de quantités de bibelots bariolés, toujours dépoussiérés avec soin. Ces objets me fascinaient ainsi que l'apparat majestueux des grandes salles du Palais. Chez elle, nous avions fait un repas de famille à l'occasion d'un énorme brochet pêché par Papa. Seul le four du boulanger avait été jugé digne d'en assurer la cuisson dans les règles de l'art. Ce poisson est resté à jamais dans nos mémoires comme sa prise la plus magistrale.

Maman, petite orpheline à cinq ans, était la benjamine d'une fratrie de cinq enfants. Depuis toujours, elle n'entretenait que des contacts peu fréquents avec ces deux seules sœurs car elle était la seule à se déplacer.

De Carmen, l'aînée, dont elle ignorait si elle était encore vivante, de Pierre, qui vivait à proximité sans qu'on arrive à le voir, elle ne parlait presque pas. Nous n'étions allés qu'une fois sur les tombes de ses parents, de son premier mari, du bébé et de son fils adolescent accidenté qu'elle avait eus avec lui et qui étaient enterrés dans la région.

J'étais juste en âge de deviner qu'elle gardait bien des peines au fond d'elle-même.

# Le sac en toile

J'ai 4 ans. Hélène et Maman ont tenu exceptionnellement à aller à un bal au village voisin. De la fête, je ne garde aucun souvenir, seul le retour reste dans ma mémoire.

Toutes deux me transportent à travers champs, couchée dans un sac en toile improvisé. Ce trajet inhabituel et cahotant a de quoi m'impressionner en pleine nuit. Je découvre les étoiles, je les fixe les yeux grands ouverts, immobile, elles m'emmènent loin.

Je ressens aussi l'inquiétude qui s'est emparée des deux femmes et les fait se dépêcher dans l'obscurité.

Rapidement elles se sont tues, peu sûres de leur raccourci. Leurs rares paroles ne peuvent me cacher pas à quel point elles se sentent coupables de s'être octroyé ce plaisir.

# Pâques

Plusieurs fois, à Pâques, des œufs peints, des petites friandises en chocolat m'attendent, dissimulés dans le potager. C'est merveilleux de découvrir ces taches de couleur dans la verdure, de manger ensuite le gâteau de circonstance, un moka en forme de nid et d'essayer d'imaginer les cloches. Je n'ai jamais vraiment cru en elles, ni au Père Noël car j'ai toujours été bien trop à l'affût pour capter les indices donnés par les adultes négligents dans leurs paroles. Le rêve est quand même là et le désir de vouloir y croire pour partager le plaisir avec les grands.

# L'orage

Je suis couchée dans la petite chambre lorsqu'un énorme orage éclate, les coups de tonnerre me terrorisent très vite. J'appelle ma tante pendant longtemps, en vain. La main ne lâchant pas la poire de l'ampoule électrique pour conjurer ma peur du noir, j'arrive à m'en-dormir en lui en voulant de son silence. Je ne comprends pas qu'elle ne vienne pas me rassurer.

# Le repas de moisson – le mariage de Michel

Un repas de moisson est organisé à la ferme. J'ai oublié les participants et leur entrain, je n'ai retenu que le décor et les préparatifs. Des grands tréteaux sont installés dehors sous les arbres et le vin frais, juste tiré, a dû souvent remplir les verres.

Michel se marie, son repas de noce se déroule dans un restaurant des environs. Les familles ont négocié afin de fournir les victuailles qui seront préparées en cuisine et servies. Hélène a donc égorgé la veille des quantités de poulets et, tôt le matin, Maman a confectionné des tartes à tour de bras. Michel s'est rasé de près, il est ému, il s'est coupé. Les femmes, en tailleur, portent un chapeau et mes sœurs ont accroché des fleurs en tissu sur leur robe. Leur cavalier les fait danser. Condescendante, du haut de mes 8 ans, je critique cette fête de campagne, mais je les regarde, envieuse malgré tout.

# Pantin, la ville

A Pantin, mairie communiste, je bé-
néficie de  certains avantages : colo-
nies de vacances, arbres de Noël où
l'on nous offre un spectacle, un jouet
et des friandises, colis de vêtements
neufs que, curieusement, je ne suis
pas gênée de recevoir malgré ma
propension à me sentir si souvent
honteuse.

J'aime la grande fête de gymnastique
tellement spectaculaire et appréciée
par la foule, fin juin. Tous les enfants
défilent au pas dans les rues
jusqu'au stade où sont présentés des
mouvements rythmiques répétés
pendant des mois. Je me trouve mignonne dans ma mini tunique

blanche et, cette année, je suis particulièrement fière, porteuse du fanion de notre école, d'en ouvrir la marche.

Les immenses calicots « Grande fête laïque » brocardés partout dans la ville renforcent notre jeune élan « patriotique » sans qu'on nous amène à y soupçonner la moindre notion d'embrigadement !

En ville, je ne me lasse pas des petits tours que nous faisons dans notre quartier -dont je sais déjà qu'il est populaire-. Au grand marché des 4 chemins, Maman rencontre des connaissances et s'arrête souvent avec plaisir pour bavarder cinq minutes. C'est un marché célèbre pour ses stands de vêtements, chaussures, linge, disques, bric-à-brac à 1 F, étalés sur le boulevard jusqu'à la Porte de la Villette. Il constitue une vraie attraction car les camelots s'y entendent pour alpaguer les promeneurs des samedis et dimanches. Les lots de linge de maison enflent en proportion de la foule qui s'amasse et attend le  véritable cadeau final au prix sacrifié par le vendeur ! Les démonstrations quasiment magiques des ustensiles ménagers sont suivies avec attention pendant un long moment.

L'inauguration du Prisunic sera un grand événement pour lequel nous ferons volontiers la queue. Au-delà de savoir qu'on y trouvera des produits nouveaux, il va nous offrir un nouveau but de promenade.

On découvrira que pour la première fois un grand magasin d'épicerie va faire des "promotions », soigner l'affichage et la présentation, offrir un choix de livres, de disques, de vêtements, de petits appareils électriques pour répondre à tous les besoins. On aura en prime une débauche de lumières et de musique d'ambiance !

Les rayons sont bien circonscrits. Une caissière et une ou plusieurs vendeuses trônent au milieu de chacun d'eux sous la surveillance discrète d'une chef de magasin qui semble toute puissante. Les vendeuses pèsent des bonbons de toutes les couleurs présentés en vrac dans des compartiments en verre, des légumes secs, du riz... Tout est propre, tout brille.

Deux cafés algériens viennent de s'installer rue Magenta. On y aperçoit beaucoup d'hommes -jamais de femmes- attablés en groupes, mal habillés, la peau sombre, négligés, sales me dit-on. Ils semblent passer leur temps à discuter en écoutant une musique barbare, lancinante. Des noms ignobles leur sont donnés. Crouillats, bicots sont les plus répandus. Les gens détournent le regard en passant. Le soir, ils pressent le pas.

Aux bains-douches municipaux, où j'irai seule très vite, personne ne semble s'émouvoir du fait que la séparation hommes/femmes, toujours indiquée sur les pancartes, soit remplacée par celle de la couleur de peau : une salle d'attente, une aile pour chacun . Les blancs sont séparés des arabes et des noirs, ces derniers encore peu nombreux. Mes parents ignorent ce fait, je ne les entends jamais exprimer de la haine mais je sais que Maman partage la méfiance ambiante et appelle les Arabes, les crouillats. Mon père est muet sur ce sujet.

Chez l'épicier, le grave Monsieur Bar, j'achète du lait qu'il me verse dans un petit bidon. J'ai aussi parfois l'autorisation de m'y acheter une bouchée en chocolat, ou une « surprise ». Le boucher me donne une rondelle de saucisson... Je regarde la télévision à la devanture du magasin « d'électricité ». En 1956, je reste plantée devant une grande partie de la cérémonie du mariage à l'église de Grâce de Monaco. J'ai 7 ans et rien de mieux à faire certainement. La boutique du « marchand de couleurs » m'attire beaucoup. J'aime

121

tous ces petits jouets, ces quantités de bibelots et d'ustensiles en vitrine et, à l'intérieur, cette odeur de plastique, de toile cirée, d'encaustique, de produits ménagers... C'est là que je trouve souvent, et avec quel plaisir, un petit cadeau pour la fête des mères, ou que je prends l'idée de me faire acheter une babiole. Papa, pour la fête des pères, a droit à des cigarettes et à un billet de loterie.

J'aime l'orgue de barbarie dans ma rue et les chanteurs et chanteuses à qui l'on jette par la fenêtre quelques pièces dans un papier plié. D'autres corporations ont leur refrain, leur cri d'appel bien connus.

Le charbonnier klaxonne, il est noir du poussier qui jonche la plate-forme de son camion. Il porte sur son épaule des sacs de boulets qu'il nous livre dans une cave minuscule et sans lumière, pleine à craquer d'objets déglingués. On entend aux beaux jours la trompe du marchand de glace. Il casse les pains à la demande armé d'un grand pic et, dans une cuvette, nous transportons jusqu'à l'appartement ces gros blocs entourés d'un torchon mouillé. Le « marchand d'habits, ferraille à vendre », le vitrier, le réparateur de porcelaine, le rembourreur de matelas, chacun s'arrête en plein milieu de la chaussée, se signale, attend les clients. La clochette du rémouleur indique que l'on peut descendre ses couteaux et ses ciseaux, ils seront affûtés immédiatement. Je suis intriguée par Manon, la « clocharde » à tête de sorcière, elle pousse toujours une vieille voiture d'enfant remplie d'objets sortis des poubelles. Le matin, les éboueurs passent très tôt et les boîtes en fer font un vacarme terrible. Le facteur distribue le courrier deux fois dans la journée ! Je n'ai jamais connu la ferme située autrefois dans ma rue. Il paraît que les vaches, avant qu'on ne les y transporte en camion, étaient menées en troupeau, passaient devant nos fenêtres jusqu'à un pré assez proche, dernier vestige campagnard du vieux Pantin. On m'a dit aussi que pendant la guerre les femmes du quartier étaient contentes de pouvoir y acheter du lait pour leurs enfants.

J'aime les sorties en ville qui nous amènent sous les immenses marronniers bordant le grand cimetière parisien. J'en rapporte des feuilles et des marrons pour la maîtresse.

Je cauchemarde, par contre, et très longtemps à l'avance, de devoir aller au sinistre dispensaire où l'on me fait mes vaccins.

Maman m'emmène aussi à Paris, en métro. Nous nous rendons régulièrement à pied de la gare de l'Est à la Samaritaine, elle m'achète alors un gros beignet au sucre sur le boulevard Sébastopol. Le plaisir est plus grand encore quand nous allons voir un spectacle au Châtelet. Au premier rang du poulailler, je m'enthousiasme pour l' « Auberge du Cheval Blanc », « la route enchantée », « le chanteur de Mexico » avec Luis Mariano, « Méditerranée » avec Tino Rossi et plusieurs autres opérettes. Là, les voix, la troupe, les costumes, le luxe de la salle me fascinent. J'aime chanter ces airs connus et tous les succès de l'époque.

Dans un petit théâtre parisien j'assiste à quelques pièces pour enfants et plus régulièrement, je vais avec ma sœur dans notre cinéma de quartier. Lors des projections, les publicités pour les magasins de la ville semblent déjà bien ringardes, les courts-métrages en première partie bien ennuyeux, mais les actualités et le grand film : « Le train sifflera trois fois », « Les deux gamines », « Sabrina » avec Audrey Hepburn nous captivent. Et rien de tels que les extraits du prochain spectacle pour nous donner envie d'être au rendez-vous le dimanche suivant...

# Les cadeaux, les jeux

Je suis plutôt boudeuse et assidue à réclamer des broutilles. Petite dernière, Maman me refuse peu de choses à notre portée. Cela ne va pas loin... Pas de sapin à Noël, une année, une dînette, une autre, un livre de Bécassine. Je n'aime pas la vieille poupée qui appartenait à ma sœur, je la trouve hideuse avec sa peau rose et cartonnée, ses cheveux et ses cils infâmes, ses paupières qui restent coincées. Je la maltraite. Elle est mal habillée, d'une robe décolorée, sans grâce. Toute raide, ses articulations sont grossières. Mon gros baigneur, à qui j'ai trouvé un joli prénom, François, me plaît bien davantage. Il est complètement rigide lui aussi, en celluloïd certainement, mais au moins il ressemble à un bébé, bien potelé, joufflu. J'ai plaisir à lui enlever sa barboteuse, son boléro, sa petite casquette confectionnés par Maman. Il n'a pas de vêtements de rechange cependant et je dois le rhabiller aussitôt exactement de la même façon ! Je le promène dans une minuscule poussette qui grince sur les pavés. Je ne réclame aucune poupée-fille, je préfère les garçons.

Je joue seule. J'aime beaucoup les cubes pour reproduire six tableaux différents selon l'image fournie en modèle pour chacune des faces. Je les superpose en hautes tours et j'en fais aussi toutes sortes de pyramides que je fais rapidement s'écrouler. J'ai des albums de coloriage, des contes illustrés qu'on me lit, les histoires de Roudoudou puis le gros journal de Mickey, avec ses feuilletons.

Je me tiens souvent sous la table pour jouer. Je construis des maisons avec un jeu en bois. Je renverse des chaises et crée des accidents avec ces voitures improvisées. J'ai un arrosoir que j'adore, en fer, avec une couleur vert clair, exquise et raffinée, une bordure dorée. Il ne peut absolument pas m'être utile puisque nous n'avons pas de place pour des plantes à arroser, mais il me fait rêver. Il me sert pour jouer avec l'eau. A genoux sur une chaise, je m'installe devant l'évier avec ma dînette en faïence, si mignonne et précieuse. J'ouvre le robinet et j'ai très vite le sentiment de gaspiller, mais, puisqu'on m'y autorise… Je ne laisserais pas, par contre, une lumière allumée quand je quitte une pièce, le pli à ce niveau est bien pris.

# La toilette

Chaque matin Maman fait ma toilette. Elle me hisse sur la table de la salle à manger, apporte la cuvette d'eau, le gant, le savon. Elle me parfume à l'eau de Cologne, me couvre beaucoup en superposant les pull-over. Aujourd'hui elle prend le temps de me couper les cheveux. J'ai une coiffure assez courte, au carré, avec une frange, « mes petits chiens », comme on dit. Elle a repassé un ruban, en a fait un gros nœud qu'elle m'attache sur le côté avec une barrette. Je ne sais pas que j'ai l'air d'un paquet-cadeau.

A cette hauteur, je peux contempler de plus près ma photo en grand format exposée derrière la vitre du buffet. J'y arbore un gilet tricoté par elle dont le col part de travers, ce gros nœud sur la tête et, comme beaucoup disent sans doute trop souvent, « mes grands yeux de porcelaine » ! Je sais que je suis un peu pâlotte, maigrelette, mais que, bien qu'il faille souvent me forcer à manger, je suis rarement malade.

# L'école maternelle – les leçons de violon

J'ai 5 ans, j'ai hâte d'aller à l'école. J'en apprécie tout de suite le cadre à mon échelle avec ses meubles miniatures qui m'enchantent. Pourtant, le 2$^e$ jour de la rentrée, je pleure beaucoup. Dans la rue, je me débats pour que nous rebroussions chemin et retournions à la maison. La veille, en effet, j'ai été punie pour avoir couru dans le préau, on m'a assise d'office sur un banc devant tout le monde. J'en suis encore toute mortifiée. Au cours de l'année, je le serai davantage au spectacle de la fessée déculottée donnée à un gar-çon devant toute la classe.

Un jour de printemps, un vase de jonquilles, juste sous mon nez, me donne un gros mal de tête au fil des heures. Je tiens bon pour honorer l'arrivée de cette nouvelle saison dont notre institutrice se réjouit. Je me concentre le mieux possible sur mon travail. C'est bientôt la fête des mères, la maîtresse terminera pour moi un pot miniature moulé dans du plâtre pour lequel je confectionne de pauvres petites fleurs en papier. Il rejoindra à la maison le porte-aiguilles de Noël. Fait de laines marron et verte passées difficilement dans un canevas avec une grosse aiguille, elle l'avait alors magistralement doublé de tissu pour lui donner forme.

C'est le mois de juin, nous répétons pour la fête de fin d'année. Nous allons défiler en couples en chantant et en terminant par une ronde. Nous, les filles, on a effectivement mis des fleurs dans nos pa pa, dans nos paniers, nos souliers sont vernis, nos chapeaux à fleurs et nos robes

« de taffetas broché » pour aller au marché, vendre les roses de nos rosiers dans un pa pa, dans un panier, vendre les roses de nos rosiers, dans un joli panier d'osier ! Mon cavalier, en pantalon noir et chemise blanche, n'est pas à mon goût. Ses cheveux sont bouclés et il s'appelle Bruno, deux mauvais points rhédibitoires pour moi ! Cependant, aucun autre ne me plaît particulière-ment.

Qu'importe… la prestation est de grande qualité et les roses en papier volent de partout, je me sens très joyeuse.

En dehors de l'école, mes parents me font suivre, chaque mercredi soir, des cours de musique -instrument et solfège- dispensés par une asso-ciation de la SNCF dans une salle de la gare. Il y a un petit violon chez moi, je ne sais pour qui il a été acheté, le demi-frère que je n'ai pas connu peut-être. Retrouver les au-tres élèves, occuper une soirée hors de la maison me plaît vraiment. Nous présentons chacune (il n'y a aucun garçon) nos exercices et, en attendant notre tour, nous avons tout notre temps pour bavarder, jouer au pendu ou au baccalauréat sur un grand tableau noir. En fin de séance, quand nous exécutons avec plaisir des morceaux toutes ensemble, je n'ai pas trop de scrupules à laisser les plus douées s'aventurer seules dans les doubles, triples ou quadruples croches que je n'arrive jamais à attraper.

Une fois par semaine, je vais prendre un cours particulier chez Monsieur Clique, le professeur. J'aime bien retrouver son appartement assez sombre, rempli de meubles anciens. L'odeur de cire, mêlée à celle un peu sucrée de la colophane dont nous aimons toutes enduire exagérément notre archet avant de jouer, crée une ambiance vieillotte que je ne retrouve nulle part ailleurs.

Monsieur Clique a vu passer des générations d'élèves. Je sais qu'il a vite évalué mes limites et que c'est par pure gentillesse et non pour récompenser mon travail qu'il m'offre toujours un chocolat en partant. J'ai vite repéré le bout de ses doigts, dur comme du bois. Inquiète de ne pas avoir les mêmes sortes de boudins à l'avenir, je prends bien soin de laisser dormir mon instrument dans son étui capitonné à la maison !

J'ai aimé aller l'écouter quand il nous a invités mes parents et moi à un concert dans la salle des fêtes. Ce lieu et la musique étaient magnifiques à mes yeux.

Ses élèves doivent y passer une audition chaque année. La première fois, vers mes 6 ans, j'ai dû jouer pendant au moins 3 minutes sur la scène ! J'avais commencé avec la main gauche  légèrement mal positionnée. Tout était un ton au-dessus, voire faux. Heureusement pour l'auditoire le morceau était spécialement court... Au moment du verdict, le chef d'orchestre municipal m'a bien félicitée malgré tout. Emporté par un élan paternel, il a réclamé des applaudissements nourris et m'a soulevée de terre après avoir déclaré « voilà ma petite chouchoute , mon petit moustique ». Finalement, il s'est arrêté avant d'envisager pour moi une standing-ovation !

# L'école primaire

Sur le chemin de l'école où je me rends toute seule très vite, je longe de longs murs, en ciment, en briques, en crépi plus ou moins écaillé, des palissades recouvertes de vieilles affiches de cinéma, des fenêtres à ras de trottoir, je trouve tout laid. Seules les petites devantures des magasins m'attirent.

Je m'arrête chez la marchande de bonbons : caramels à un centime, roudoudous, martinets en réglisse, Mistrals gagnants, coquillages à sucer, boîtes de coco, Malabars, fraises en sucre, amorces, petites bagues, je suis cliente !

Pour mes premiers devoirs, Maman est là. Je lui fais une scène quand elle semble s'écarter des consignes de la maîtresse et régulièrement je lui demande de m'aider à finir mes infâmes bordures, des frises colorées en fin de travail que je m'ingénie à varier chaque jour. Je commence bien ma scolarité, sans efforts. Je récolte des prix : parfois le prix d'honneur, un gros livre tout enrubanné dont je prends vite peu de soin, le prix de sagesse, ou celui de camaraderie, résultats d'un vote de la classe que je ne cherche pas à m'expliquer.

Après l'audition du disque « Pierre et le loup », je retire une petite fierté du fait d'être envoyée dans toutes les classes pour y lire le résumé que j'en ai fait. A 7 ans, je perds déjà un peu de ma timidité quand on me valorise.

Mme Alexandrini, la maîtresse atti-trée du CE1, est une petite femme très brune, une Corse, un « volcan ». Elle est célèbre pour ses grandes colères, quand elle hurle « triples buses », « crèmes d'andouilles » aux moins réceptives ! Avec elle, les cahiers volent haut et vite à travers la classe. Heureusement, je ne subis pas ses foudres, -l'autorité m'im-pressionne au plus haut point-. Au contraire, je vois qu'elle me chou-choute elle aussi.

Madame Martin dissèque pour nous des grenouilles, découpe un œil de bœuf, souffle dans des poumons de mouton. Toujours en blouse blanche, tellement belle à mes yeux, c'est un modèle de femme pour moi. Elle commence toujours la journée par un rapide cours de morale. Nous devons réfléchir aujourd'hui sur l'idée d'avoir une conscience et lui dire comment nous nous la représentons. La classe n'est pas inspirée. Je lève la main pour déclarer que c'est une petite fille toute rose qui nous parle à l'oreille pour nous rappeler nos bêtises. Tout de suite honteuse d'une telle trouvaille, je me tais en me qualifiant d'être une «belle lèche-bottes » !

On nous apprend à nager dans l'immense piscine de la ville, nous faisons du sport dans la cour ou dans le préau avec un professeur et du matériel. Nous ne sortons jamais cependant.

Une musicienne nous apprend le solfège grâce à un harmonium poussif dont elle actionne sans cesse avec ardeur un grand levier. En complément, elle a mis au point une technique qui lui permet de représenter chaque note par une position de la main : dressée sur la tête, barrant le front, placée verticalement devant la bouche…, nous suivons scrupuleusement sa gymnastique effrénée, sans penser à en rire… Elle parvient à réunir plusieurs classes sous sa direction pour former une chorale qui m'enchante.

En début de chaque année, nous découvrons le matériel qui nous attend : cahiers, plumes, encriers, bûchette en CP, livres de bibliothèque. Aux murs, des planches anatomiques et historiques bien colorées, -l'appareil digestif dans toute sa splendeur, le village gaulois, Jeanne d'Arc sur son bûcher-, des grandes cartes de géographie. J'aime tous ces déploiements, comme j'aime les poésies qui m'incitent particulièrement à observer les saisons par les grandes fenêtres. J'ai beaucoup savouré l'interprétation du « bonheur est dans le pré » par une petite camarade. Elle a simplement ouvert les bras sur le final : « il a filé!» avec un air entièrement catrastrophé, très réussi ! Toute la classe a ri, et moi tellement que j'en suis tombée de ma chaise. Pourquoi une telle hilarité générale ? Les spectacles comiques ne nous sont pas familiers, nous ne risquons pas d'être blasées. C'est aussi une manifestation inattendue en classe : les maîtresses déplorent notre manque de créativité, de spontanéité. A l'audition du « vol du bourdon », seule la fille d'une enseignante a fini par donner la réponse qu'elle connaissait bien pourtant : cette musique lui faisait penser, peut-être, au vol d'un insecte... Enfin elle a consenti à mettre fin à notre malaise et à celui de notre pauvre instit. Celle-ci, lasse de nous abjurer de lui donner nos moindres suggestions, élevait de plus en plus fortement le ton. Nous allions pouvoir enfin croiser à nouveau son regard et passer à autre chose.

En fin d'année, le travail se relâche, nous préparons la fête de remise des prix, et nous frottons les tables au papier de verre avec beaucoup d'ardeur.

Maman me laisse très vite me débrouiller seule pour mes devoirs, j'apprécie.

Bientôt, elle m'achète les aventures

de Lilly, la petite détective parisienne si dégourdie, et d'Aggie Mack, l'Américaine dans son école, au milieu de ses amis : elle boit avec une paille des boissons dont les bulles se confondent avec ses taches de rousseur, elle mange des glaces énormes. Grâce à la bibliothèque de l'école et aux collections rose et verte. je découvre la Comtesse de Ségur, le club des cinq, les aventures d'Alice, les « lettres de mon moulin », « Don Quichotte ». On me laisse lire en m'empiffrant parfois de boudoirs ou de gaufrettes trempés dans un verre d'eau colorée d'une goutte de vin.

Mon père couvre mes livres méticuleusement, sa contribution pratiquement scolaire s'arrête à la signature du livret. Il est alors très heureux de mes résultats.

## La remontrance

Maman me permet d'aller au square toute seule. J'y retrouve des petites filles du quartier. Je suis en retard pour rentrer, elle est en colère, elle me traite de garçonnière et me dispute copieusement. J'aimerais tant que cette accusation soit justifiée, je culpabilise car elle a touché un point sensible en devinant mes aspirations secrètes.

# Jeannot

Jeannot est donc mon voisin de palier, le seul garçon de mon entourage et je le trouve séduisant. Je l'ai toujours vu assez peu et le fait qu'il ait arrêté l'école au certificat d'études alors que j'entrais au collège, nous a irrémédiablement séparés. Cette année, oh joie, nous l'emmenons en vacances avec nous, en Normandie.

Au retour, il n'a pas de mal à me régler mon compte en me rappelant à quel point j'ai pu être être souvent une super enquiquineuse ! Il me rappelle, par exemple, comment, des jours durant, j'ai tanné ma mère et comment je les ai tous saoûlés pour que nous déambulions devant les boutiques du Tréport, la station qui jouxte Mers-les-Bains où nous campons. C'était là que les vitrines, bien plus nombreuses, offraient un choix de bibelots inimaginables, souvent moches, je le savais. Mais Maman avait parlé d'un souvenir à rapporter pour chacun, il me le fallait absolument. L'envie d'un petit coffret à bijoux recouvert de coquillages s'était mise à me tenailler. A l'usure, j'avais fini par l'obtenir.

Devant les accusations tout-à-fait fondées de Jeannot, je tente quelques justifications. Mais je me tais rapidement pour ne pas reconnaître totalement la petite peste que j'avais été à l'occasion.

# La télévision

Papa a décidé d'acheter un poste de télévision. Quel bonheur ! J'ai neuf ans environ. Nous sommes les premiers dans l'immeuble à en posséder un. Il est énorme, je le trouve très beau. C'est une grande boîte carrée, vitrée, avec des gros boutons dorés et des tout petits dans une trappe qu'il faut manipuler pour le régler continuellement. Il est, d'ailleurs souvent en panne. Nous le rapportons au marchand dans la rue ou bien encore Papa passe des jours à essayer de le réparer. Il l'éventre alors sur la table de la salle à manger et change des lampes en étalant des outils partout : pinces, fer à souder, fils électriques et en piquant des colères comme chaque fois qu'il bricole. Il faut ensuite le remettre en place pour pouvoir prendre un repas en espérant voir un programme pas trop sautillant, hachuré, pâle, avec du son... ! Le jeudi, j'attends avec impatience les émissions enfantines, vers 5 h. Cette chaîne unique est magique. Elle me fait ingurgiter peu à peu un nombre impressionnant de programmes. Tout m'intéresse. J'aime les pièces historiques de « La caméra explore le temps », les jeux de connaissances, les ballets, les émissions de cuisine, le cirque, les films... tout, pendant très longtemps. La télévision n'emplit pas que l'appartement.

Elle nous apporte une ouverture dont mes parents bénéficient moins que moi car le sommeil les emporte toujours tôt. Ils n'ont pas vu la flagellation et la mort d'un hérétique sur le bûcher. Ils ne savent pas qu'elles m'ont traumatisée au point de les revivre longtemps chaque soir avec effroi avant de m'endormir.

J'ai parfois la permission de faire venir Jeannot pour le programme du soir. Coincés chacun sur une chaise, nous oublions la présence de mes parents endormis devant nous dans le divan déplié.

C'est beaucoup à cause d'elle que je choisis en grandissant de ne pas faire traîner mes devoirs…

# Un Noël

J'ai 8 ou 9 ans peut-être à ce Noël. La veille j'ai demandé un peu d'argent à Maman et, dans ma rue, j'achète des petits cadeaux à la famille. Je les emballe et je prends bien soin de les étiqueter : « pour... de la part de... ».

L'histoire finit là. Je n'ai rien en échange, Maman a dû penser que je m'achèterai quelque chose. Je pleure dans mon coin.

# Les derniers jeux

J'aime imiter les adultes : infirmière, vendeuse. Un moment je pense à être charcutière pour utiliser la machine à couper le jambon ou celle qui déverse un ruban de moutarde dans le bocal qu'il faut apporter !

Assez vite je veux me considérer comme une « Grande » et je cesse de jouer à la maison vers l'âge de 7 ans. Seuls les jeux de société, « sept familles », « dames », « pouilleux » avec mon père, ceux du square ou de la rue vont m'occuper alors.

Je n'apprécie pas les « balle au prisonnier » ou autres activités collectives dans la cour de récréation. Avec des filles seulement, et toujours, cela m'ennuie, je n'y mets aucune combativité. La camarade chez qui je vais parfois n'a pas de frère et nos voisins ne pratiquent pas les goûters d'enfants. A mon cours de violon, il n'y a donc également que des filles, toujours des filles...

Je suis une enfant trop peureuse pour transgresser les règles familiales et semer le désordre en tentant des échappées. Essayer de jouer avec des garçons ? Où pourrais-je les trouver rassemblés et trouver le courage de les aborder ? Le chemin de l'école n'offre évidemment pas de sentiers, de champs, de jardins pour s'y rencontrer. Les mots aventure et évasion ne résonnent d'ailleurs dans ma tête que comme des dangers, personne ne semble en avoir jamais rêvé chez moi.

A partir de mon entrée au collège, je délaisse aussi les jeux à l'extérieur. Le maigre square et ses deux toboggans ne me suffisent plus depuis longtemps, ni les balles ou les marelles en bas de chez moi. Toujours la même envie m'anime : avoir des camarades garçons pour satisfaire l'attirance qu'ils exercent sur moi et me rendre intéressante à leurs yeux. Ils doivent, en outre, être beaucoup plus drôles que les filles et permettre des activités plus variées.

Je pallie le manque d'action par des bavardages avec une copine pendant les récréations. Nous n'avons pas trop d'occasions de rire, sauf en classe pendant certains cours, quand je singe discrètement les profs ou raconte sans relâche des bêtises à ma voisine pour nous distraire un peu.

# Un dimanche

Le dimanche, Maman va au marché pour acheter le poulet ou le rôti traditionnels et je trouve normal que le déjeuner dure plus longtemps. Dans l'après-midi, coincée dans sa cuisine d'un mètre cinquante de large, elle se lancera peut-être dans la confection d'un gâteau, de crêpes, de beignets.

Ce jour-là, elle trouvera sûrement aussi le temps de tricoter, de nous coudre des vêtements, de raccom-moder, de repasser. La voir faire et regarder la télévision ne suffisent pas à nous distraire, l'après-midi s'é-ternise.

# Un repas de fête

Ce soir de Réveillon, mes parents sont invités chez Monsieur et Madame Martino. Quel plaisir de sortir de la routine et de la maison. Il y a du Champagne, on trinque, tout le monde parle en même temps et je fais durer à perdre haleine un fou-rire aussi artificiel que bruyant pour participer à ma façon et me faire remarquer.

L'ambiance monte peu à peu. En fin de repas, les voisins honnis, « La Rouquine », sa sœur, son père, pourront s'entendre régler leur compte. Chacun s'est mis à rivaliser d'imagination pour leur dédier un refrain.

« Anatole, qu'est-ce que tu bricoles avec ton faux-col ? Lucie, elle est toute en furie avec sa chemise de nuit ». Ça ne va pas très loin... Bientôt, on tape du pied, frappe sur les verres, chante de plus en plus fort de façon à ce que les paroles soient bien audibles à l'étage en-dessous. Je comprends que c'est le vin et le Champagne qui les mettent dans cet état. Ce jeu peu glorieux suffit à les amuser et je ressens comme une sorte de condescen-dance prétentieuse devant leur plaisir que je trouve encore une fois populaire. Mais le sentiment que ces moment sont rares l'emporte et je regrette que chacun ne se sente pas plus souvent aussi joyeux.

# Le collège

Je ne suis restée que 4 ans à la « grande école » et je suis entrée en sixième à 10 ans. Pour avoir une dispense d'âge, j'ai dû passer un examen auquel je me suis rendue avec mon premier stylo-plume et ma bouteille d'encre. J'ai réussi à faire les deux problèmes, chose rare pour moi. Un grand moment.

Le trajet jusqu'au collège me voit porter un cartable énorme, source d'une bonne scoliose. Mon amie et moi devons traverser le grand pont du chemin de fer où les passants disparaissent régulièrement dans un énorme nuage blanc. La fumée du train est légère, elle a une odeur métallique et se dissipe vite. Nous arrivons ensuite sur la place de la Mairie et de la petite gare, seul endroit planté de  quelques arbres, apaisant, offrant à  qui veut  la possibilité de se poser un instant sur un banc. J'admire les édifices publics, leur architecture et ce qu'ils représentent d'utile, de nécessaire, dans toute commune qui se respecte. Je n'apprécierais pas de vivre à la campagne sans aucun services. Le manque de bibliothèque ne me touche pas encore.

Notre collège, -ainsi dénommé, alors qu'on y reste jusqu'aux classes terminales  comme au lycée-, est imposant. J'en aime la salle de sciences en amphithéâtre, la grande salle de dessin largement vitrée et, juste à côté, le stade, l'immense piscine en briques rouges avec ses étages de cabines.

Les écoles ne sont pas encore mixtes. Nous portons des blouses bises avec notre nom que nous avons brodé au coton rouge sur la poche-poitrine. Les punitions sont encore de mise : des lignes, des récitations à débiter rapidement à la Surveillante Générale. C'est pour elle que j'ai appris les « deux pigeons qui s'aimaient d'amour tendre » et d'autres fables ou tirades qu'elle choisissait parmi les plus longues.

Personne, à la maison, ne se livre jamais à aucun contrôle concernant mes devoirs. Je les fais sérieusement, mais je peux aussi très facilement rêvasser copieusement devant mes cahiers ou prendre un air inspiré et studieux pour donner le change. Mes sœurs avaient dû se contenter de la table de salle à manger pour travailler, j'ai le privilège de disposer d'un petit secrétaire que j'affectionne. J'y range mes affaires sans que quiconque, apparemment, ne vienne y mettre son nez. Beaucoup aimeraient être à ma place pour profiter d'un tel ballon d'oxygène concernant leur travail scolaire. Je« bachote» de plus en plus au fil du temps et les compositions trimestrielles m'obligent à programmer des révisions impressionnantes. Mais je m'y plie consciencieusement car je suis soucieuse de mes résultats et obnubilée par leur caractère officiel, quasiment sacré. Régulièrement, je révise avec mon amie Jacqueline. Au lieu de nous distraire, nous travaillons dans le bel appartement que son père, ingénieur, a eu les moyens d'acheter pour loger sa famille.

Ces efforts me font obtenir des notes correctes mais ne m'incitent pas à essayer d'approfondir ce qu'on m'apprend. En mathématiques, dès la sixième, je renonce à vouloir comprendre ou appliquer le moindre théorème puis, en quatrième, à résoudre la moindre équation. J'ai conscience que cela déterminera mon orientation par la suite.

Le professeur d'histoire-géo de 6ᵉ et 5ᵉ se fait plaisir en retraçant pour nous une chronologie qui la passionne mais dont on ne retient rien. A-t-elle bien conscience que nous sommes là quand elle aligne des chiffres sur les longueurs des fleuves, la superficie des pays, quand elle monologue sur la Mésopotamie, les Assyriens, les Hittites ? Les exercices de maths ne sont accessibles qu'à qu'une minorité. J'ai la chance de m'intéresser aux cours de Français, l'orthographe, la grammaire ne me rebutent pas. Beaucoup de mes camarades restent indifférentes au Roman de Renart, aux descriptions bucoliques puis aux morceaux choisis de littérature. Bientôt, les livres de poche achetés par ma sœur jouent leur rôle pour m'attirer. Ils me permettent de découvrir toutes sortes d'auteurs dont je retrouve la liste alphabétique encore peu fournie dans les dernières pages. Les couvertures sont parlantes, donnent envie. Je retiens des noms, des titres et si les idées me passent en partie

au-dessus de la tête, je prends malgré tout souvent des notes bien
consciencieusement !

Je suis peu soigneuse : les heures de
dessin, de couture me pèsent et
m'arrachent de gros efforts pour peu
de résultats. On me compare à ma
sœur qui s'était illustrée par ses
travaux impeccables et il m'est arrivée d'être qualifiée de « petit co-
chon ».

Mais cela ne m'empêche pas d'avoir
de bonnes appréciations sur mon
livret. « Un peu bavarde mais fine et
intelligente », en a représenté pour
moi la quintessence ! Je suis toujours
la plus jeune. J'ai eu droit un jour à
un « manque de maturité » qui, alors
que j'en connaissais la cause, m'a
fortement déplu. « Oui, avais-je dit,
on peut aider une amie à se suicider
si elle en éprouve le besoin »...

Devant notre niveau qu'elles jugent
faible, certains professeurs commen-
cent à nous considérer avec un

certain mépris. Ces pauvres femmes
« jettent des roses aux cochons »,pa-
raît-il...

# Le premier cours de Mme Dumas

Madame Dumas (Mademoiselle Dumas, mais Madame pour nous) est grande, mince, élégante. Elle est stricte, ses yeux nous transpercent, ses lèvres fines esquissent parfois un sourire à peine marqué.

Elle a fait mine l'an dernier de nous traiter en adultes et ne nous a pas ménagé ses critiques. Son autorité nous impressionne et certaines, dont je fais partie, l'admirent.

Pour ce premier cours de troisième et pour enchaîner dans le programme, elle souhaite appeler au tableau une élève afin de faire un tour d'horizon de nos acquis. Elle pourra ainsi sonder l'étendue des connaissances qu'elle s'est évertuée à nous transmettre en 4$^e$. Elle consulte la liste alphabétique. Nous retenons notre souffle. Il lui faudrait une élève assez scolaire, peut-être pas trop bête pour bien commencer l'année.

Elle me désigne. Bing, coup au cœur !

En histoire, j'arrive à lui citer quelques faits précis, voire quelques dates, mais elle voit bien sûr à quel point je peine à prendre un peu de hauteur afin de les replacer dans un contexte qui se tienne. Elle s'agace. On passe à la géographie de la France. Très vite, je reste muette après quelques bredouillements vaseux sur des points qu'elle voudrait précis.

Je pressens, émue, que le verdict va tomber. Dans une ultime tentative pour me racheter, elle me demande alors, de lui faire une simple énumération des divers éléments du relief. J'énumère donc peu à peu : les montagnes, les collines, les vallées, les plateaux, les ballons, les volcans, les côtes, les fleuves, les rivières et encore les villes, les buttes, les dunes à nouveau, les ravins, les rus ! Mon silence s'éternise, j'abandonne. Visiblement, j'en ai oublié au moins un d'importance.

J'imagine que la classe compatit à mon malheur et attend avec beaucoup plus de tranquillité que moi. Une certaine torpeur, toujours bonne à prendre, pourrait bien se prolonger pour nous faire perdre quelques minutes de cours encore.

Et les plaines ? Finit-elle par m'asséner sèchement en me toisant.

Fin du sketch, chacune doit émerger à regret. Les plus compréhensives m'accompagnent d'un regard compatissant quand, avec mon 0, je regagne ma place. J'encaisse mal le

coup, consciente d'être cette fois
personnellement victime de son
sadisme.

# Les années de secrétariat

Avant le BEPC, une visite d'orientation est organisée dans une classe
de secrétariat du lycée et me permet
de découvrir des locaux inconnus
des plus attrayants : de grandes
salles contiguës séparées par un
immense voilage, des machines à
écrire, de grands bureaux. Il ne m'en
faut pas davantage pour me faire
prendre ma décision : je ferai du
secrétariat à la prochaine rentrée.

Plus raisonnablement, je sais que je
risque le même échec en maths que
celui qui a sanctionné injustement et
de peu ma sœur pour son $2^e$ bac.

Cette catastrophe redoutée ne manquerait pas de venir couronner des années de brasse coulée au niveau de tous les exercices de logique, démonstrations et calculs à mener à bien, en algèbre, géométrie, chimie, physique... mes bêtes noires. Le baccalauréat ne s'obtient pas si facilement, je m'en fais tout un monde et, à 13 ans, je suis assez gamine pour ne pas voir plus loin. Sans aucun exemple à suivre de réussites dans ma famille, je veux pouvoir travailler rapidement. J'ai envie de commencer tôt ma vie d'adulte et d'avoir, sans me prendre la tête, la possibilité de perdre mon temps à écouter les premiers yés-yés dans la nouvelle émission « salut les copains »,l'une de mes seules distractions.

Ma mère m'a d'ailleurs fait comprendre qu'entreprendre des études longues n'était pas « nécessaire ». Mes sœurs avaient commencé à travailler jeunes, 16 ans, 18 ans. Je me persuade rapidement que le fait d'être à la charge de mes parents pour plusieurs années représenterait une injustice par rapport à elles. Face à ce choix qui pourrait être possible malgré tout, je manque également beaucoup trop de confiance en moi. Je ne me projette pas plus loin qu'occupant un poste de secrétaire de direction compétente et charmante ! L'équivalent d'une hôtesse de l'air, « ce serait déjà bien...». Je tranche : un emploi me permettrait de ne pas retarder le moment d'une plus grande autonomie financière acquise avant même ma majorité.

Décider seule, ne pas avoir à préparer et à exposer à mes parents une liste d'arguments en faveur d'une poursuite d'études, ne pas en discuter, voilà qui me convient. Me lancer. A quoi bon envisager une autre alternative au risque de me déstabiliser dans mon choix, puisqu'on ne m'y invite pas ?

En route, donc, pour un BEP.

L'orientation n'est pas si mauvaise. Je vais bien vivre ces années de secrétariat où l'on me donnera quelques bases simples de droit, d'économie, de comptabilité et pendant lesquelles il ne sera plus question de cours de maths.

Avec ferveur, je m'attelle à apprivoiser le clavier de ma grosse machine à écrire mécanique. J'aime tout autant les cours de sténo. Il faut beaucoup de rigueur pour apprendre par cœur ces dizaines de signes et une bonne dose d'abnégation pour passer plus d'une heure tous les soirs à faire des « gammes », des textes répétés pour gagner de la vitesse. Heureusement, comme prévu, « Salut les copains », me tient compagnie pendant ce travail ! Somme toute, je me trouve bien de cet apprentissage.

Je me félicite de l'efficacité de ma formation qui, je le pense, cadre bien avec mon milieu. Je me prépare de bon cœur à la vie active et je remplis mon contrat sans faire de vagues...

Dès mes 16 ans, je peux occuper des postes intérimaires pendant presque toutes les vacances scolaires et gagner ainsi mon argent de poche. Mes patrons me respectent tout en me montrant que je ne les laisse pas insensibles, je prends goût à ces prémices d'un pouvoir à exercer.

Pour l'heure, sur le chemin du collège, je suis très attachée au fait de croiser toujours les mêmes garçons. A leurs plaisanteries classiques, pas désagréables, succèdent au fil des mois des regards que je soutiens du plus loin que nous nous voyons. L'amie très sage qui m'accompagne est toujours exclue de cet échange et je n'y fais aucune allusion pour ne pas attirer son attention. Je rêve surtout de pouvoir m'intégrer un jour à un groupe.

J'aimerais être toujours optimiste et gaie, mais je suis souvent mal dans

ma peau, morose, à cran ou déses-
pérée, selon le climat tellement
stressant et triste qui peut régner
chez moi. Bref, je suis une ado.

# L'armoire à glace,
# l'obsession des miroirs

Chez moi, il y a une grande armoire à glace devant laquelle je peux rester plantée très longtemps.

Toute petite, je m'y regardais faire des grimaces, chanter, danser, faire des bulles avec ma salive, singer tout ce qui me passait par la tête. Maintenant, j'y traque les incongruités qui pourraient me « diminuer » : mon nez rougi, mes cheveux avec leurs mèches récalcitrantes et leur platitude que je coiffe et recoiffe. Et si, malheur, j'allais sortir avec mon jupon qui dépasse ! J'essaie des foulards, des vêtements, pendant des heures.

Combien de fois m'a-t-on parlé de mes yeux ? Je n'ai pas oublié la bohémienne qui, dans la rue, a prédit à ma mère que je ferai « pleurer et damner les hommes ». Une bêtise que j'ai prise au sérieux du haut de mes 5 ou 6 ans. Je me souviens des plaisanteries de mes grands cousins, qui me trouvaient des fossettes et un nez retroussé. Pour les distraire je chantais et dansais comme une folle et, dans ces moments de grande improvisation, j'oubliais ma timidité pour attirer leurs compliments. J'avais eu, sans être tout à fait dupe de leur enthousiasme, le plaisir de leur offrir un spectacle à moi seule et de me croire admirée pour ma capacité à me mettre en scène.

Je ravive les anciens et les nouveaux compliments devant la glace. Sans sorties, sans connaissances, c'est pour me préparer à être à la hauteur d'une vie plus exaltante que je perds un temps fou à me regarder. Personne d'ailleurs ne se soucie de me proposer des activités moins vaines. Mes parents savent à peine dans quelle classe je suis.

# Mes 16 ans

J'entre une fois de plus dans une classe de filles mais enfin au sein d'une école mixte, et à Paris. Les élèves sont plus émancipées, les choses devraient bouger.

Ces filles semblent pouvoir sortir librement quand je n'en suis qu'au stade de devoir faucher quelques pièces dans le porte-monnaie de ma mère pour aller chaque jour boire un pot chez « Mémène » après les cours de l'après-midi. Elles suivent la mode alors que je porte encore souvent les vêtements de ma sœur. Peu à peu, je me fais acheter un kilt, un caban, quelques shetlands, répliques un peu moins coûteuses des leurs.

En acceptant de suivre les consignes données pour construire une dissertation en philo, Français, Economie et Droit, j'obtiens toujours la meilleure note. Nous sommes encore classées. Première dans ces matières, je n'ose pourtant pas me mélanger à toutes celles qui semblent tellement à l'aise dans les conversations. Elles ont l'esprit d'à-propos, des idées parfois brèves mais apparemment bien arrêtées sur la politique, leur avenir, les artistes...

Leurs goûts sont affirmés. J'aimerais leur ressembler, savoir ce qui s'échange dans chacun des groupes. En classe, nous sommes toutes attentives aux explications de textes mais les théories entrevues ne donnent pas matière à des débats.

Les moments que j'arrive à passer au café entourée de quelques garçons me comblent. Je tombe un jour de très haut quand plusieurs me confient que les filles de ma classe n'osent pas m'aborder ! Je suis pourtant la première à reconnaître devant quelques unes le côté bien trop scolaire de mes résultats. Comment pourrais-je en douter d'ailleurs ? Les profs déplorent sans cesse la baisse du niveau général et je prends bien à mon compte la fameuse remarque de l'un d'eux qui, en rendant les copies, a tenu à préciser qu'au royaume des aveugles, les borgnes étaient rois !

Au quotidien, libre de mes journées, puisque je suis censée être en cours, je vis ma vie de façon encore modeste et sage sans affronter mes parents pour leur lancer au visage mon envie de sortir le soir. Je vais leur cacher soigneusement ma relation avec Robert qui m'a abordée dans la cour en début d'année. Nos rencontres resteront chastes et très cadrées. Je m'applique à rentrer à l'heure pour le repas de 19 h. J'ai une pendule dans la tête qui m'obsède et me gâche en partie mon plaisir. Le samedi ou le dimanche, je prétexte une amie à aller voir, des courses à faire, un film à ne pas manquer à la rigueur et je me fixe de rentrer un peu plus tôt car je ne veux pas attirer leur attention. Depuis toujours le fait que « la maison n'est pas un hôtel », est clairement sous-entendu.

Par le passé, cet environnement ne m'avait pas empêché d'avoir eu cinq ou six flirts éclairs dans ma ville ou en vacances. J'y avais toujours mis fin sans donner d'explication. Les contraintes de toutes sortes me semblaient insurmontables. Je sentais aussi le piège de me laisser accaparer par ces garçons trop avides de rendez-vous et qui quémandaient sans cesse d'interminables baisers sur la bouche !

Une fois ma deuxième sœur partie, je suis heureuse de retrouver Maman dans la cuisine pour partager un moment avec elle. En essuyant la vaisselle du soir, je ne lui parle que d'anecdotes insignifiantes. Je mens beaucoup par omission. Même s'il ne s'agit avec Robert que d'un simple flirt à lui avouer, je sais qu'elle le verra d'un mauvais œil. Je me refuse à entendre le moindre commentaire qui me hérisserait et auquel je trouverais vain de répondre. La pré-server de tout souci est aussi le sempiternel devoir que je m'assigne pour ne pas lui faire revivre les craintes et les épisodes douloureux qu'elle a connus avec mes sœurs du seul fait des interdits paternels.

Je vis encore plutôt mal mon adoles-cence. Outre le fait d'être comple-xée, dépressive souvent, j'ai aussi le sentiment d'être lâche en ne ruant pas dans les brancards. Mes quel-ques quelques voisines de classe, comme par hasard toujours des filles raisonnables, ne peuvent me servir d'exemples pour me stimuler et m'encourager à exprimer mes désirs.

Je souhaite donc que le temps s'écoule plus vite, j'essaie d'imaginer, j'amplifie ce que je pourrais vivre de plus excitant. L'âge de la majorité est encore fixé à 21 ans, il faut tenir et pour cela se plier aux règles, passer inaperçue, sans faillir.

# 17 ans

Intégrer une classe mixte a été ma motivation pour changer d'orientation... Je passe donc un concours d'admission dans une section de BTS option Tourisme et je pense faire ainsi d'une pierre deux coups. Enfin une nouvelle ambiance de classe sera possible et cerise sur le gâteau, j'accéderai à l'enseignement de matières moins commerciales. Mes parents me laissent faire sans poser de questions, je sais d'ailleurs fort peu de choses sur les débouchés réels cette branche.

Je suis plus heureuse dans la journée, j'aime la décontraction générale, le rire facile, les échanges et les quelques phrases à double sens qui n'engagent pas mais attestent du pouvoir de séduction de chacun.

Sans explication j'ai quitté Robert après la séparation des vacances. Il ne partageait plus la même cour de récréation que moi, ce simple détail me servait. Je lui avais peu à peu battu froid au fil des mois précédents, j'avais eu un comportement forcément incompréhensible pour lui, source de longs malaises entre nous. Je n'arrivais à lui opposer que le silence, le flou. Ils cachaient le fait que je me sentais captive de nos tête-à-tête et que je ne ne pouvais pas davantage lui offrir la possibilité de nous mélanger à ceux qui pouvaient disposer librement de leur temps. Comment lui dire, surtout, que je n'étais pas vraiment amoureuse ?

Mais à nouveau, à la rentrée, un garçon m'aborde. Jean-Pierre cherche à me rejoindre systématiquement dans la cour. Chaque soir, il adapte son emploi du temps au mien pour me raccompagner chez moi, en autobus et à pied, depuis la Porte Champerret où se trouve notre Ecole. Rentré chez lui, il m'écrit, et ses lettres quotidiennes si brillantes me font mesurer à quel point je vais pouvoir m'enrichir intellectuellement à son contact. Peu à peu je me laisse toucher par son amour sincère qu'il sait si bien exprimer.

Nous nous voyons chaque jour et nous passons parfois des après-midis ensemble.

Expositions, cinéma, morceaux de jazz tirés de sa grande collection de 33 tours, jeux amoureux, la vie est toute autre avec lui. L'année scolaire se passe ainsi, nous arrivons même, par ruse, à partir en vacances en été.

Puis, un jour…

Je savais qu'il ne fallait pas que j'aille chez lui ce samedi-là.

Mais de quel démon sommes-nous parfois tributaires ? De quelles origines profondes relèvent les actes qui peuvent nous pousser à défier le sort ? Pour l'un et l'autre, les dés seront trop vite jetés qui détermineront notre avenir. Je viens d'avoir 18 ans. Jean-Pierre en a 22.

Maman saura que je suis enceinte. Elle m'assènera qu'elle me croyait plus maligne, sans méchanceté, et j'encaisserai sans répartir puisqu'elle a raison quelque part. Elle souffrira d'une pelade et taira sa tristesse de penser certainement que je n'ai pas été assez patiente pour « m'échapper » autrement. Mon père ne demandera rien. Ma future belle-mère, petite femme élégante, à la voix douce, l'a déjà guetté dans la rue, elle l'a touché : « ils s'aiment, ils ne manqueront de rien ».

C'était notre stratégie, la seule possible pour qu'il garde son calme devant une telle nouvelle. Pour ne pas avoir à parler : nous. Je ne sais pas s'il est anéanti mais, de retour à la maison, son silence devant moi vaut consentement. Maman peut ranger la valise qu'elle avait préparée pour éviter le tsunami. Rien ne sera prononcé en famille, juste l'essentiel avec elle pour les préparatifs.

Je vais faire un mariage assez bourgeois, mon père se sentira rassuré pour mon avenir et n'aura plus à redouter la détérioration de notre relation. Il pensera peut-être avoir déjà tellement supporté ! J'ai conscience de son self-control, de sa dignité. Je la veux celle d'un père aimant, mais c'est aussi pour moi celle d'un homme du siècle passé qui en accepte les interdits. Peut-être se sent-il trop âgé, impuissant à proposer une alternative ? Peut-être, et plus sûrement, par sentimentalisme, est-il ému tout simplement ?

Ils se feront beaux tous les deux pour la cérémonie, seront généreux.

Par goût et par principe, je ne choisis pas de porter une robe de mariée traditionnelle mais je ne refuse pas une bénédiction à l'église ! Son caractère a quelque chose de sacré même pour une jeune athée comme moi et je suis sûre que mon père sera heureux et fier de me donner le bras.

J'assume d'entrer dans cette nouvelle phase de ma vie bien que je sache qu'elle va entraver ma liberté d'aller et venir, de plaire, de poursuivre mes études. Adieu l'indépendance à laquelle j'aspirais tellement.

Soutenus par nos parents, trouvant rapidement de bons jobs, il nous est facile de roucouler dans un quotidien confortable. J'aime celui qui m'aime avec tant de force. Nous nous délectons des jolis mois d'attente, des préparatifs, des projets à deux pour accueillir ce petit enfant printanier

qui pourrait bien arriver pour le 1er
mai !

Mais, que serais-je prête à donner si
cette effervescence retombait ?

# 2017 – UN AUTRE ÉCLAIRAGE

## Retour à la ferme

Je suis retournée à la ferme pour essayer de retrouver mes meilleurs souvenirs. Elle était à l'abandon. Elle qui me semblait si vaste, comme elle était petite pour remplir sa fonction. Elle m'a semblé minuscule et bien misérable ! Tout avait rétréci à mes yeux et tout était délabré. J'en ai souri avec le même désir de raviver le passé, et de n'en garder que les sentiments qui réchauffent.

Mon oncle devait rester désormais à l'hôpital, Hélène était seule, sans aucun animal. Ses voisins veillaient un peu sur elle, ses enfants passaient de temps en temps. Elle m'avait parue gaie cependant mais je l'avais trouvée très marquée, presqu'effrayante.

Pas de téléphone, nous ne nous étions plus écrit au fil du temps.

Seule Maman est allée la voir lorsqu'elle a été hospitalisée pour un tétanos très fortement déclaré et très handicapant. Son corps était, paraît-il, tendu comme un arc. Elle a été ensuite placée en maison de retraite, dans sa région. Notre visite là-bas m'a profondément choquée. C'était un mouroir où les pensionnaires déambulaient comme des fantômes, maigres, édentés, éclopés, semblant nous regarder avidement.

Pas de chambres individuelles, des dortoirs lugubres : des lits, des casiers. Elle s'y est maintenue, se rendant utile à la cuisine, fréquentant quotidiennement le café du village pour y passer quelques heures, en compagnie. Sa constitution robuste lui a permis de vivre jusqu'à l'âge de 95 ans, Apparemment, Maman était trop âgée déjà, plus assez consciente, pour que ce décès l'affecte profondément.

Prévenues après-coup, nous n'avons pas cherché à aller sur sa tombe. Je ne sais pas si elle repose à côté de mon oncle dans le petit cimetière où nous nous étions rendues alors que nous avions une pensée pour lui et la nostalgie du passé. Par un biais familial, j'ai appris que Michel était décédé. Ni lui ni son frère n'ont eu d'enfants.

La ferme a été transformée en gîte rural. Si le hameau ne s'est pas agrandi, des lotissements ont été construits près de certains villages alentour, les maisons rénovées ont perdu leur cachet. C'est devenu la grande banlieue de Paris sans plus de charme apparent.

# Une femme magnifique

Maman est née le 23 décembre 1912 dans un petit village de Seine-et-Marne. Cinquième et dernière enfant d'un couple jeune et uni, sa maman est morte en couches quand elle avait à peine cinq ans. Son père ne s'est jamais remis de son décès, il s'est laissé mourir peu de temps après. Elle me racontait comment cette femme, très tendre, accueillait parfois toute sa progéniture sous ses jupes pour la soustraire à une punition, « venez, venez mes petits » disait-elle. Son mari était quelqu'un de très doux et qui aimait ses enfants lui aussi.

Ils exploitaient une ferme. A Noël, elle avait vraiment une orange ou quelques mandarines mais elle était heureuse. Elle avait gardé de ces disparitions prématurées une angoisse quand le soir tombait. Elle se souvenait bien comment, petite, elle pensait à eux et qu'elle pleurait.

La fratrie a été dispersée. Elle a été recueillie par une tante qui la faisait travailler dans son épicerie et la nourrissait bien peu, d'un hareng un soir, par exemple. Son oncle, plus humain, palliait comme il pouvait la dureté de sa femme, l'autorisant à prendre parfois quelques bonbons dans les bocaux. Sinon, c'était les travaux durs pour une enfant, les lourds volets de bois du magasin qu'elle devait ôter chaque matin, les lessivages du sol... et l'école, qu'elle aimait bien, mais qu'elle a fréquentée par intermittence, peu longtemps. Il lui fallait faire alors 4 km à pieds à travers la campagne, en compagnie de sa sœur Hélène, d'un an son aînée, placée chez un autre membre de la famille. Elle a pu apprendre à lire et je l'ai connue se débrouillant, écrivant, comptant.

Son livret de famille m'apprend aujourd'hui qu'elle s'est mariée la première fois en décembre 1931, elle avait alors 19 ans. Elle a perdu un petit garçon à la naissance, puis il y a eu l'arrivée de ma demi-soeur en 1934, celle de Francis peu après. Son mari est décédé en 1938, elle avait 26 ans.

Le café-restaurant-bureau de tabac qu'ils exploitaient marchait bien, ils avaient acheté une voiture, chose rare à l'époque. Restée seule, elle a su se débrouiller de tout, l'affaire qu'elle gérait, ses enfants. Il lui arrivait de caler le biberon de sa fille avec un oreiller, dans son petit lit, pour pouvoir descendre faire son travail, servir l'essence et tout le reste. Sa belle-mère, très stricte, l'avait obligée à porter le deuil et à faire teindre tous ses sous-vêtements en noir.

Elle a dû rencontrer Papa vers les années 40. Ma sœur est arrivée peu après, puis une autre petite fille, en 1944, morte à la suite d'un vaccin en avril 1946, à l'âge d'un an et demi. J'ai été la dernière naissance en 1948.

De l'âge de 20 ans à celui de 36 ans, elle a eu 6 enfants, il ne lui restait que ma soeur et moi à la fin de sa vie.

Je ne sais pas quand exactement est décédé Francis. D'après une photo, il devait avoir un peu plus de 12 ans quand il a eu eu un accident en jouant avec une corde qu'il avait attachée au pied de son lit. Il aurait tiré, lâché et se serait fracassé le crâne. Il a été soigné -trépané à l'époque-, elle n'en parlait jamais davantage.

Elle a donc, quelle cruauté du sort, perdu quatre enfants. Un petit Pierre, à la naissance, Francis, adolescent, une petite fille, encore bébé, et ma demi-sœur Monique, son aînée, en 1991, à l'âge de 55 ans. Elle a dû connaître sûrement une fausse couche également... Serait-ce l'épisode dont je me souviens où, âgée de 4 ans environ, je l'ai vue partir alors que j'étais à la campagne, chez ma Tante. Je me souviens de ma crise de désespoir, de mes larmes dans les bras d'Hélène qui, en guise de distraction pour faire cesser mes cris, s'ingéniait à tourner inlassablement les aiguilles du carillon afin de le faire sonner sans discontinuer .

Les temps étaient durs, certes, on ne s'apitoyait pas sur son sort. Cependant, comment concevoir l'inimaginable, appréhender ce qu'elle a ressenti à chacun de ces drames et comment elle les a surmontés ? Je me souviens de la longue maladie de Monique que j'aimais beaucoup et de ses derniers jours où, ne pesant plus que 29 kg, nous avons assisté à l'hôpital à ce qu'il faut appeler son agonie pendant plus d'une semaine. Son visage était devenu un masque mortuaire, incroyablement effrayant, sa respiration, un râle, sonore, continuel. Quelle épreuve pour tous que cette vision effarante de la mort et surtout pour elle qui perdait son aînée, l'enfant qui l'avait accompagnée depuis ses 22 ans.

Elle disait que l'on pourrait faire un roman de sa vie. Elle s'arrêtait là, n'allait pas jusqu'à dire que chaque vie est un roman. Elle n'avait jamais rien intellectualisé, jamais discuté de l'actualité ou de politique. Elle affirmait aussi parfois qu'elle avait eu une belle vie car elle n'avait jamais manqué d'argent. Je ne sais si, avec la maladie, elle pouvait songer encore à sa jeunesse à la campagne. C'est cette période qu'elle avait aimé évoquer le plus souvent. Jeune fille, sa sœur, Simone, récemment mariée, l'avait fait venir chez elle. Ce sont ses plus belles années nous disait-elle. Ils étaient jeunes, ils exploitaient tous ensemble une ferme. Elle avait été élue reine de beauté dans son village ! Enfin bien traitée, elle avait pu retrouver Hélène de qui elle était très proche.

La campagne avait toujours été son endroit de prédilection depuis. Toutes les sensations qu'elle y ressentait, les odeurs, les chants des oiseaux qu'elle reconnaissait, la vue des plaines qu'elle aimait, le souvenir du travail dans les champs, des soins à donner aux animaux ont longtemps résonné dans sa mémoire comme un écho heureux de son passé, son idéal de vie.

Elle se rappelait aussi avec beaucoup de vivacité son coup de foudre pour mon père ! Elle le trouvait tellement séduisant ! C'était lui qu'elle voulait et pas un autre m'avait-elle dit un jour.

De son existence rarement paisible longtemps, elle avait gardé un caractère facile, s'effaçant toujours hélas afin d'éviter les conflits disproportionnés avec mon père. Je l'ai vue, cependant, vis-vis de nous, et dans certaines occasions, camper sur ses positions, nous tenir tête, rembrunie, nous houspiller avec sévérité.

Plus tard, dans les moments difficiles, elle avait toujours compris et accepté tacitement bien des choses concernant notre vie sentimentale. Elle faisait notre admiration à tous. Ses petits-enfants l'adoraient, sa jeunesse d'esprit ne manquait pas de les surprendre. Elle avait vraiment su les aimer.

# L'Evidence

Petit à petit les bons souvenirs ont pris la place des mauvais. Mes parents me manquent et j'ai honte de mes plaintes. Ai-je fait beaucoup mieux qu'eux au fond ?

Je suis retournée à Pantin. Je suis montée à l'étage, l'immeuble peine encore à se moderniser, le quartier ne s'embourgeoise pas. Revoir les rues avoisinantes m'émeut particulièrement. J'ai gardé comme une attirance pour les environnements laids ! Alors que la grisaille des banlieues est toujours repoussante et étouffante pour la plupart des gens, j'y reconnais les marques qui me replongent dans mon enfance.

Mais comme autrefois à la recherche du beau, de l'espace offerts ailleurs, je sais les reconnaître et je les goûte sans plus de souffrance aujourd'hui.

J'accepte de tout comprendre, de tout excuser à l'aune de l'époque.

Le meilleur du quotidien ne cesse de resurgir : la complicité avec mes sœurs, le soin que nos parents prenaient de nous finalement, la place que nous tenions dans leur vie et les valeurs élémentaires qu'ils nous transmettaient sans trop les formuler.

Ils ne nous avaient pas seulement mises à l'abri, ils avaient fait beaucoup plus. Nous luttions contre leur autorité, nous n'étions pas à la dérive. Nos déprimes étaient fortes mais tout espoir ne nous quittait pas que notre condition d'adulte serait meilleure !

Si l'amour pour notre mère avait toujours été inconditionnel, celui pour notre père, était, au fond, bien réel aussi. Par son autorité, il avait voulu faire face aux dangers qui guettaient ses filles dans une société encore bien corsetée de principes et d'interdits. Enfant blessé, il n'avait pas les outils pour analyser et combattre les démons qui parvenaient si facilement à le mettre hors de lui.

Tous deux avaient dû se reconstruire ensemble malgré les drames. J'avais su leur coup de foudre réciproque et eu vent des basses rumeurs campagnardes vis-à-vis d'une jeune veuve amoureuse d'un cheminot à la quarantaine séduisante. L'hostilité, les coups-bas d'une belle famille n'avaient pas été les pires épreuves qu'ils aient eu à surmonter. Le couple avait résisté, ils avaient élevé leurs enfants.

Face à nos suppliques et déjà à la retraite, mon père avait accepté d'accueillir l'enfant de cinq ans de ma demi-sœur. Il s'était serré avec nous dans le minuscule logis et avait participé à son éducation.

Devenu avec nos enfants un grand-père patient, aimant et aimé, il s'était enfin senti libre d'être généreux de son argent et de son temps. Physiquement, il s'était investi dans des tâches pour nous aider. Il avait eu la sagesse lui aussi de ne pas nous asséner ses jugements sur nos choix d'adultes.

Enfant, il m'avait tout particulièrement câlinée.

C'était lui dont les yeux se mouillaient en certaines occasions et c'était grâce à lui que j'avais connu et conservé l'envie de me repaître d'une présence d'un contact, d'une voix.

217

220